D1856855

Freitag Verlag

Kleine Bibliothek des Aussteigers und Abenteurers

herausgegeben von Jan Kressin

Die **Kleine Bibliothek des Aussteigers und Abenteurers** enthält Berichte und Romane von Aussteigern der Gegenwart, vor allem aber der Vergangenheit.

Das Abenteuer besteht in dieser Reihe nicht in der gewaltsamen Auseinandersetzung mit der meist exotischen Umgebung wie im klassischen Abenteuerroman, sondern die handelnden Personen lassen sich auf die sie umgebende Natur, die Menschen und ihre Lebens- und Gesellschaftsform ein.

Die Reihe widmet sich der Veröffentlichung von Utopien, die in der Vergangenheit fußen und die für uns heute wieder wichtig werden.

Sie wird getragen – verstärkt durch wachsende Zweifel an den Fähigkeiten unserer Kultur, menschliches Leben zu erhalten – vom vermehrten Interesse an anderen Lebensformen und -erfahrungen und damit an anderen, vielleicht lebensnäheren Verhaltensweisen.

Van Zantens glückliche Zeit

von Laurids Bruun

Ein Roman aus der Südsee

Freitag Verlag

Titel der dänischen Originalausgabe
Van Zantens lykkelige Tid

Übersetzung aus dem Dänischen
von Julia Koppel

Pfalzburger Straße 51, 1000 Berlin 31
Gesetzt nach der Ausgabe aus „Fischers Bibliothek Zeitgenössischer Romane", o.J.

Umschlaggestaltung: Helmut Wenzel
Satz: Oehrlein & Partner
Druck: Oktoberdruck

ISBN 3-88796-000-9 · Printed in Germany

Inhalt

Über den Autor

Laurids Bruun, geboren 1864 in Odense, gestorben 1935 in Kopenhagen, brach mit 34 Jahren seine bürgerliche Karriere als Beamter ab, und debütierte mit historischen Romanen, die rasch eine weite Verbreitung fanden.
1908 eröffnete Bruun mit dem „Van Zanten" eine Serie von Südseeromanen, die beim Publikum große Erfolge erzielten. Als Überseekaufmann für die Firma seines Onkels erwarb er sich reiche Kenntnisse des Insellebens, mit denen er seinen Romanen einen authentischen Hintergrund gab.

Vorwort

Van Zantens glückliche Zeit, ein Liebesroman von der Insel Pelli", so heißt in der Übersetzung der Titel eines Buches, das den Holländer Pieter Adrian van Zanten zum Verfasser hat, der am 3. Januar 1846 in Amsterdam geboren wurde und am 15. November 1904 an Lungenentzündung in einem Hotel in Paris, in der stillen Collegien- und Pensionsstraße Rue Notre-Dame-des-Champs, hinter dem Luxembourg-Garten, verstarb.

Das hinterlassene Manuskript ist teils auf holländisch, teils (von Kapitel X an) auf englisch geschrieben; und diese beiden Abschnitte bezeichnen, zufolge eines ebenfalls hinterlassenen Tagebuches, zwei verschiedene Zeitabschnitte, zwischen denen mindestens zehn Jahre liegen. Wahrscheinlich ist das letzte Kapitel als Abschluß abermals ein oder zwei Jahre später geschrieben worden, zu einem Zeitpunkt, wo der Verfasser eine Veröffentlichung des Manuskriptes als Buch plante, – eine Absicht, die er aus unbekannten Gründen später wieder aufgegeben hat.

Da sich in dem Tagebuche Andeutungen finden, daß der vorliegende Roman die einzige von van Zanten hinterlassenen Arbeiten ist, die er zu Lebzeiten bereits einmal herauszugeben gedachte, und da sie mit diesem Zweck vor Augen abgerundet und mit einem Titel versehen ist, so habe ich sie dazu ausersehen, van Zantens Debüt-Buch zu sein.

Ich will im nachfolgenden – teils durch Mitteilungen, die van Zanten mir persönlich gemacht hat, teils durch seine im Tagebuch niedergeschriebenen Aufzeichnungen – Rechenschaft davon ablegen, wer van Zanten war und wie ich, ein dänischer Schriftsteller, dazu komme, ihn in die Literatur einzuführen.

Ich schicke voraus, daß es sich hier weder um eine literarische Porträtzeichnung noch um meine subjektiven Eindrücke von seiner Persönlichkeit handeln soll – das gehört auf ein anderes Gebiet und wird vielleicht ein anderes Mal berührt werden –, sondern nur um positive Aufklärungen zur Einführung in ein seltenes und eigenartiges Buch, dessen Verfasser ein seltenes und eigenartiges Lebensschicksal gehabt hat.

Van Zantes Vater war ein wohlsituierter Instrumentenhändler in Amsterdam, dessen Frau frühzeitig starb, sodaß der Sohn sich ihrer nur dunkel erinnerte.

Da der Vater fast den ganzen Tag in seinem Geschäft war, lag die Erziehung des Sohnes ganz und gar in den Händen der Haushälterin, einer strengen und wortkargen Person, die er nicht leiden konnte. Er hielt sich meistens für sich und streifte in seinen Freistunden am Hafen umher.

Als Adrian zwölf Jahre alt war, heiratete sein Vater die Haushälterin. Der Knabe nahm sich dies sehr zu Herzen und wurde auf seinen eigenen Wunsch gleich nach seiner Konfirmation zu einem Vetter seines Vaters geschickt, der eine große Faktorei in Batavia hatte, wo er im Kolonialhandel ausgebildet werden sollte.

Von seinen Lehrjahren in Batavia sind keine Aufzeichnungen vorhanden. Ich erinnere mich, daß van Zanten mir in Paris erzählte, daß er als junger Kommis ganz der Gesellschaft seiner Kameraden überlassen gewesen sei und daß sie ihn als erstes Kartenspielen und Whiskytrinken lehrten, daß er darauf einen heftigen Anfall von Klimafieber bekam und im Hause seiner Verwandten verpflegt wurde; und daß er nach seiner Genesung erst viele Jahre später in Europa wieder Whisky anrührte.

Ferner hat er einmal angedeutet, daß er seine erste tiefgehende Enttäuschung in ganz jungen Jahren erlebte, als eine sehr hübsche und gewandte Kusine (wahrscheinlich die Tochter seines Chefs), in die er hoffnungslos verliebt war, seine jugendlichen Gefühle zum besten hielt. Von dieser Enttäuschung rührt wahrscheinlich sein Widerwille gegen den Begriff „Dame" her, der in all seinen Arbeiten zu Worte kommt und dessen ich mich deutlich aus unseren Gesprächen erinnere. Es war eine seiner Lieblingsbehauptungen, daß die „wilde" Frau sowohl körperlich wie geistig weit höher stehe als die zivilisierte Europäerin, jedenfalls was die Frau der guten Gesellschaft in den Kolonien betrifft.

Van Zanten zeigte bereits in jungen Jahren die seltene Anlage, die Eingeborenen zu verstehen und von ihnen verstanden zu werden. Er wollte nicht einsehen, daß sie geringer seien als er, und verkehrte darum auf gleichem Fuß mit ihnen, obgleich ihm dadurch manche Unannehmlichkeiten im Zusammenleben mit der von den Europäern verdorbenen Mischrasse erwuchsen, auf die er im Geschäftsleben hauptsächlich angewiesen war.

Um diese wertvolle Fähigkeit auszunutzen, die in der Stadt und im Hauptkontor eher Schaden anrichtete, wurde er von der Faktorei, noch bevor er die Zwanzig erreicht hatte, als selbständiger Einkäufer nach den Südsee-Inseln geschickt. Der Hauptversand der Faktorei bestand aus Kaffee und Gewürzen, und als Einkaufsorte wurden vorzugsweise solche Inseln gewählt, wo die Europäer den Eingeborenen noch keinen Begriff von dem Wert ihrer Naturprodukte gegeben und darum den Markt noch nicht „verdorben" hatten.

Van Zanten, dem die derbe Natürlichkeit der Holländer im Blut lag, kam während dieser Jahre der tropischen Inselnatur so nah, wie wohl kaum ein Europäer es vor oder nach ihm erreicht hat. Er erwarb sich eine genaue Kenntnis von dem Leben und der Denkweise der Mikronesier und Polynesier. Er hat mir oft gesagt, daß die Jahre, die er als einziger Weißer unter den Eingeborenen, hauptsächlich bei den Mikronesiern auf den Karolinen und Ladronen, verbrachte, die glücklichsten seines Lebens gewesen seien. Bezeichnend dafür ist der Titel des vorliegenden Buches.

Aus dem Tagebuch, daß hin und wieder sehr kurz gefaßt ist und große Lücken aufweist, ist nicht deutlich zu ersehen, auf welchen Inseln und wie lange er auf jeder gelebt hat. Die Lücken im Tagebuch haben offenbar darin ihren Grund, daß es ihm in dem vollkommenen Naturdasein, daß er jedesmal führte, wenn er allein zwischen den Eingeborenen lebte, an Schreibmaterial fehlte.

In den Aufzeichnungen wimmelt es von den Namen kleiner Inseln, die er mehr oder weniger flüchtig von einem festen Depot auf einer der größeren, bekannteren Inseln aus besucht hat. Es ist leider unmöglich gewesen, diese kleinen Inseln zu identifizieren, weil die Namen offenbar nach dem Laut der Benennung der Eingeborenen niedergeschrieben sind.

Nach Art von Tagebuchschreibern setzt er immer die Gegend als bekannt voraus. Auch die Daten sind sehr mangelhaft. An einigen Stellen sind sie ganz nach Art der Berechnung der Eingeborenen niedergeschrieben, unverständlich für den, der die Sprache nicht kennt. Er beschränkt sich darauf, wenn ihm kein Kalender zu Gebote steht, mit Monsum-

oder Mondwechsel zu rechnen, wie die Eingeborenen es tun. Bisweilen steht sehr genau in längerer Reihenfolge zum Beispiel: Montag, den 3., Dienstag, den 4. und so weiter; aber sowohl den Monat wie die Jahreszahl muß man erraten.

Auf der Insel Yap, die zu den Karolinen gehört, hat er sich fünf Jahre als Depotchef aufgehalten. Im Januar 1872 schließt ein Abschnitt seines Tagebuches mit der Bemerkung, daß er Anweisung bekommen hat, nach Batavia zurückzukehren; da er aber nicht zurück will, beschließt er, seinen Abschied zu nehmen und die Pension zu verlangen, die ihm nach zehnjähriger Dienstzeit zukommt. Er will Tongu (siehe erstes Kapitel in dem vorliegenden Buch) nach seiner Heimatinsel begleiten, die – so schreibt er – ein wahres Paradies sein soll.

Daß er diesen Plan verwirklicht hat, geht aus dem vorliegenden Buch hervor, das von Tongus Insel handelt, die von den Eingeborenen Pelli genannt wird und wahrscheinlich zu den Pelew-Inseln gehört, die südöstlich von den Philippinen liegen, unter 6–8° nördlicher Breite. Auf dieser Insel verbrachte er, wenn man sich auf die Angaben in diesem Buch verlassen kann, über zwei Jahre,– eine glückliche Zeit, die mit der im letzten Kapitel des Buches geschilderten Katastrophe endigte, worauf er die Insel verließ. Mit Tongus und Tokos Hilfe glückte es ihm, nach Yap zu kommen, von wo er mit der ersten Schiffsgelegenheit nach Batavia zurückkehrte; aus dem Tagebuch ersieht man, daß er dann von neuem in den Dienst der Faktorei eintrat.

Während der Jahre, die er in Ruhe in Batavia verlebte, scheint der erste (der holländische) Teil dieser Erzählung geschrieben zu sein, in seiner „ästhetischen Periode", von der er mir in Paris erzählte. Er führte ein Klubleben, las viel und begann zu schreiben mit der Absicht, als Schriftsteller aufzutreten. Aus unbekannten Gründen wurde diese Absicht wieder aufgegeben. Das Tagebuch zeigt, daß er sich von neuem aussenden ließ. Er wirkte als Depotchef und Einkäufer auf den Marschall- und Salomoninseln, war aber im Jahre 1880 abermals auf Java.

Da erhielt er 1882 einen Brief von seinem Vater, in dem er ihn bittet, nach Holland zurückzukehren. Der alte van Zanten hatte einen Anfall von Apoplexie gehabt, fühlte sein Ende herannahen und wollte seinen Sohn gern noch einmal sehen.

Van Zanten ordnete alles für seinen Aufbruch und reiste nach Europa. Bevor er aber Amsterdam erreichte, starb sein Vater.

Nach der Erbteilung mit der Witwe, die er nicht persönlich gesprochen zu haben scheint – das Tagebuch spricht nur von Briefen, die zwischen ihnen gewechselt wurden – verblieb ihm eine Erbschaft, die groß genug war, daß er den Rest seines Lebens sorglos als Rentier verbringen konnte.

Da er keine Erben hatte, kaufte er sich eine Leibrente und ließ sich in London nieder, wo er bis 1892 ein einsames und regelmäßiges Klubleben führte. In dieser Periode wurde der englische Teil des Romans geschrieben; und hier war es, wo er eine Zeitlang abermals den Gedanken erwog, als Schriftsteller aufzutreten.

Welche neuen Betrachtungen oder Erlebnisse diesen Plan abermals zu Wasser werden ließen, ist aus dem Tagebuch nicht zu ersehen. Kurze Zeit darauf aber befindet er sich in Paris; und nun beginnt ein unstetes Reiseleben, das unterbrochen von jahrelangen Aufenthalten in Paris, London und Nepal, bis zu seinem Tode währte.

Ich traf von Zanten zum erstenmal in einem Pensionat in Bern im Winter 1895.

Drei Wochen lang wohnten wir Tür an Tür und aßen täglich am selben Tisch. Mein erster Eindruck von ihm war nicht günstig. Er war groß und stark, mit dichtem, rotblondem Haar und Vollbart; etwas träge in seinen Bewegungen und mit großen, blauen Augen, die – um einen Ausdruck von ihm selbst zu gebrauchen – einen eigenartig „entblößten" Ausdruck hatten.

Er erschien kalt und blasiert. Es belustigte ihn, seine Umgebung mit seiner Verachtung für europäische Zivilisation und europäische Frauen zu reizen.

Als er zufällig erfuhr, daß ich Schriftsteller sei, faßte er Interesse für mich; ohne mich damals ahnen zu lassen, daß er selbst schrieb, öffnete er mir sein Herz und erzählte zu meiner großen Freude unumwunden von seinem Leben auf den Südseeinseln.

Trotz seiner fünfzig Jahre erzählte er, wenn er in Schwung kam, außerordentlich jugendlich, und sein Zuhörer saß still lauschend dabei, ohne ihn durch Fragen zu unterbrechen. Munter, derb und gleichzeitig voll Gemüt erzählte er von seinen glücklichen Jahren, wie er sie nannte. Frisch und innig durchlebte er alles noch einmal in Gedanken, während er erzählte; oft mußte er innehalten, um seiner Bewegung Herr zu werden.

Vieles von dem, was er erzählte, war so neu und so erstaunlich, daß ich im stillen, trotz meines Interesses, die Hälfte für Reiseaufschneiderei hielt. Später aber, als ich ihn näher kennen lernte, sah ich ein, daß ich ihm unrecht getan hatte. Wahrheitsliebe und Widerwillen gegen alles Gemachte war tatsächlich ein tiefwurzelnder Charakterzug bei ihm. Später, in Paris, lernte ich in ihm einen der ursprünglichsten in seiner Natürlichkeit ungebundensten Menschen kennen, der mir jemals in Dänemark und im Auslande begegnet ist.

Trotz des Alterunterschiedes wurden wir gute Freunde. Als ich Bern verließ, bat er mich um meine Adresse, benutzte sie aber nicht.

Es vergingen einige Jahre, und ich sah ihn an einem Januarabend im Jahre 1899 vor dem Cafee d'Harcourt auf dem Boulevard St. Michel im Quartier Latin wieder, wo er sich an dem munteren Nachtleben der Studenten ergötzte.

Wir musterten einander lange. Dann hob er sein Glas und nickte mir wiedererkennend zu; und ich eilte an seinen Tisch.

Von da an trafen wir uns jeden Abend bei Harcourt. Wie allen einsam lebenden Menschen, fiel es ihm schwer, sich zu begrenzen, wenn er erst einmal angefangen hatte zu erzählen. So sind wir viele Nachtstunden auf dem Boule-Miche hin und her gewandert, während er von den Südseeinseln erzählte, auf die er immer wieder zurückkam.

Er fühlte sich nicht wohl in Europa, sagte er. Und wenn er seinem tiefen Heimweh nach den Inseln nicht Folge gab, so lag es wahrscheinlich daran, daß er eine Enttäuschung fürchtete, wenn er die Resultate der „Kulturarbeit" zu sehen bekäme, die seit seinen glücklichen Tagen durch die Europäer solch ungeheuren Aufschwung genommen hatte, besonders seit die Deutschen drüben festen Fuß gefaßt hatten.

Als ich ihn eines Abends auf seinem einsamen und tristen Hotelzimmer in der Rue Jacob besuchte, kamen wir auf Literatur zu sprechen, und ich redete ihm eindringlich zu, seine Erinnerungen niederzuschreiben. Da war es, daß er mir seine früheren literarischen Anfechtungen gestand, und mir seine ästhetische Periode in Batavia verriet, wo er „sowohl Verse wie Prosa fabrizierte", und halb verlegen, halb selbstbewußt erzählte er von seinem Tagebuch und von Manuskripten, die er liegen hätte.

Ich fragte ihn, ob ich nicht einiges davon lesen dürfte. „Ja, nach meinem Tode!" sagte er und ging zu etwas anderem über.

Einige Abende danach erzählte er mir zum erstenmal von Ali, die die Hauptperson in dem vorliegenden Roman ist. Gedämpft und vorsichtig erzählte er, wie man eine Sache berührt, von der man eigentlich nicht hatte sprechen wollen.

Bevor ich ging, versuchte ich noch einmal ihn zu bewegen, mir etwas von seinem Manuskript zu zeigen.

„Ja, das wäre so was für einen Schriftsteller!" sagte er neckend und zwinkerte mit den Augen.

„Sie sollen das Ganze bekommen, wenn ich tot bin!"– Das war sein letztes Wort in dieser Angelegenheit. Ich nahm es für Scherz; und einige Abende danach befand ich mich auf der Heimreise.

Diesmal wechselten wir einige Briefe. Seine wurden kürzer und kürzer. Zuletzt hörte ich von ihm aus Neapel, auf meinen letzten Brief aber bekam ich keine Antwort.

Als ich im Herbst 1903 wieder nach Paris kam, suchte ich van Zanten vergeblich in unserem Stammcaffee und in seinem Hotel. Man wußte hier nichts von seiner Adresse. Auf dem holländischen Konsulat, wo ich mich zuletzt erkundigte, wußte man dagegen, daß er sein ganzes Mobiliar in einem Mietszimmer in Paris untergebracht habe und sich selbst auf Reisen befände, wahrscheinlich in den Kolonien.

Ich dachte an sein Heimweh nach den Inseln und gab die Hoffnung auf, ihm jemals wieder zu Gesicht zu bekommen. Für alle Fälle hinterließ ich auf dem Konsulat einen Brief zur eventuellen Weitersendung, in dem ich ihm mitteilte, daß ich ihn vergeblich aufgesucht hätte und gern etwas von ihm hören würde.

Ob dieser Brief ihn jemals erreicht hat, weiß ich nicht, jedenfalls erhielt ich nie eine Antwort darauf, und die Erinnerung an unsere Begegnung kam in die Rumpelkammer meines Gehirns.

Da empfing ich im Februar vorigen Jahres, während ich mich in Nizza aufhielt, einen Brief mit dem Wappen des holländischen Konsulats und mit vielen Poststempeln. Er war mir durch eine Reihe wechselnder Adressen nachgeschickt worden.

Der Brief enthielt eine Mitteilung über van Zantens Tod samt einer Abschrift seines Testamentes, worin er „Mijnheer Laurids Bruun van Denemarken" eine Sammlung Manuskripte und Tagebücher zu Erb und Eigen vermacht, „und soll er frei verfügen, was von dem Hinterlassenen wert ist, der Öffentlichkeit vorgelegt zu werden, und wo es erscheinen soll".

Indem ich nun also Pieter Adrian van Zantens Debütbuch in die Welt sende, erfülle ich damit nicht allein eine liebe persönliche Pflicht, sondern ich glaube, daß ich gleichzeitig die Literatur mit einer interessanten und eigenartigen Arbeit bereichere, die Einblick in ein neues und fruchtbares Dichterland gewährt. Ich brauche kaum hinzuzufügen, daß ich es mir habe angelegen sein lassen, die in van Zantens Buch herrschenden natürlichen und ethnographischen Verhältnisse womöglich durch die vorhandene Literatur zu verifizieren; es ist mir also gelungen, in den meisten Fällen genaue Übereinstimmung mit zuverlässigen Berichten anderer über Volksleben, Sitte und Aberglaube zu konstatieren.

Es ist betrübend zu denken, wie wenig dazu gehört, um das Schicksal eines Menschen zu verändern. Wenn van Zanten seinem ursprünglichen Plan gefolgt wäre und dieses Buch veröffentlicht hätte, so wäre es aller Wahrscheinlichkeit nach in der Mitte der siebziger Jahre erschienen, in seiner ästhetischen Batavia-Periode, also bevor noch Kipling, der 1865 geboren ist, daran dachte, das indische Festland für die Literatur zu erobern. Jetzt ist Kipling mit Recht weltberühmt; van Zanten aber, dessen Buch mit Hinsicht auf die Originalität des Stoffes, auf die Ursprünglichkeit und Anschaulichkeit der Darstellung so sehr an Kiplings Bücher erinnert — ist unbekannt und ohne Namen gestorben.

Nach und nach, soweit meine eigene Produktion mir Zeit dazu läßt, werde ich auch die übrigen van Zantenschen Manuskripte, sofern sie sich dazu eignen, in Dänemark erscheinen lassen.

Was das Ausland betrifft, so werden Schritte getan werden, damit der vorliegende Roman in einer deutschen, englischen und holländischen Ausgabe erscheint, ebenso wie es mir auch hoffentlich gelingen wird, die übrigen Manuskripte in kritischer Ausgabe nach und nach in einer oder mehreren Weltsprachen herauszugeben.

Ich möchte noch hinzufügen, daß ich mich in meiner Übersetzung dem Original genau angepaßt habe, ebenso wie ich es mit Absicht unterlassen habe, sprachliche und literarische Ungeschicklichkeiten, die den Anfänger verraten, zu verbessern

(z. B. die Benutzung der Gegenwarts- und Vergangenheitsform in derselben Satzperiode); dennoch habe ich mich hin und wieder gezwungen gesehen, ein Wort oder einen Ausdruck zu dämpfen oder ganz auszulassen, dessen allzu große ‚Natürlichkeit' nach dänischen Begriffen eine direkte Wiedergabe unmöglich gemacht hätte. Ich nehme an, daß van Zanten, wenn er das Buch der Öffentlichkeit übergeben hätte, selbst geändert haben würde, was die Geschmacksgrenze des gedruckten Wortes überschreitet.

Dennoch werden vielleicht einige Leser finden, daß ich in dieser Beziehung nicht streng genug gewesen bin.

Kopenhagen, im Mai 1908

Laurids Bruun

Erstes Kapitel

Beim König

Mein Wirt und ich waren mit unserem Kanu zum Riff hinüber gerudert, um nach den Fischnetzen zu sehen.

Da hörten wir jemand nach uns rufen und sahen einen alten, zitternden Kerl am Ufer stehen, der auf dem Korallenboden herumhüpfte, als hätte er Feuer unter den Fußsohlen.

Ich kannte ihn nicht. Tongu aber hatte kaum den Kopf gewandt, als er die Bambusstange auf den Boden warf und nach den Rudern griff.

„Wahuja!" sagte er und machte mir mit dem Kopf Zeichen zu, daß ich mich beeilen solle.

Ich ordnete das Netz, das von der Stange geglitten war.

„Das weiße Langohr!" sagte Tongu*) und puffte mich ungeduldig mit dem Ruderschaft in den Rücken.

Da wußte ich Bescheid. „Das weiße Langohr" ist der erste Mann des Königs – Minister und Oberkämmerer und alles derartige unter einer Haut vereinigt. Den Spitznamen „das weiße Langohr" rufen die Jungens hinter ihm her, wenn er von Amts wegen unterwegs ist. Seine Ohren sind sicher zwölf Zentimeter lang und mit Haaren bewachsen, die ebenso weiß sind wie sein dichtes, krauses Haupthaar.

Wir wendeten das Boot und machten Wahuja Zeichen zu, der die Handflächen gegen seine zitternden Knie stemmte und nach uns ausspähte.

„Es ist der Abgabe wegen", dachte ich. Denn ich hatte seit dem vorigen Monsunwechsel bei Tongu auf der Insel gewohnt und keine Abgabe bezahlt, weder an Fischen, Vögeln noch an Früchten.

Wenn ich für Tongu fische und sein Pensionär bin, muß er eigentlich für uns beide Steuern bezahlen. Aber natürlich ging das auf die Dauer für einen so seltenen Mann, wie ich es auf der Insel bin, nicht an.

„Was will er von uns?"

---

*) Tongu habe ich schon lange gekannt. Ich traf ihn zuerst auf Yap und war ihm behilflich, nach seiner Heimatinsel zurückzukehren. Von ihm habe ich die Sprache erlernt.

„Der König!"

Mehr sagte Tongu nicht, aber er ruderte, was er nur konnte.

Der alte Wahuja begann wieder hin und her zu trippeln, als wir landeten.

Ich begrüßte ihn auf eingeborene Art und untertänig, was er gnädig aufnahm. Seine Hände zitterten und seine Kiefer bewegten sich unaufhörlich; seine kleinen, lebhaften Augen musterten mich stechend von Kopf bis zu Fuß, während er seine Amtsrede hielt.

„Die Augen des Königs sind groß," begann er und schüttelte bedenklich seinen knochendürren Kopf, „sehr groß!"

Auf europäisch: Der König wundert sich sehr!

Dachte ich mir's doch.

Ich hütete mich wohl, ihn zu unterbrechen, und brachte alle Unschuld, die mir zu Gebote stand, in meinem offenen Gesicht und in meinen blauen Augen zum Ausdruck.

„Des Königs Herz ist im Begriff einzuschrumpfen!" fuhr er fort, durch meine Schuldlosigkeit gereizt.

Tongu schlug sich untertänigst auf die Schenkel und begann vorwurfsvoll mit dem Kopf zu wackeln.

Daß des Königs Herz einschrumpft, bedeutet, daß seine Gnade flöten gegangen ist.

Ich schwieg noch immer.

„Der König wünscht, daß der reiche Geber sofort erscheint und seine Augen verbessert!"*)

„Der reiche Geber" ist ein verdammter Spitzname, den ich gleich bei meiner Ankunft wegen meiner Schießwaffen und meiner inhaltsreichen Schiffskiste bekommen habe. Ich weiß wohl, was es bedeutet, wenn er angewendet wird.

„Schön!" sagte ich.

Ich wollte der Sache gleich ein Ende machen. Wir standen hier auf dem steinharten, unebenen Korallenboden mitten in der Sonne. Es war schon nach zehn Uhr und fast kein Wind.

Ich ging voran zu Tongus Haus.

Tongu beugte ehrerbietig seine Knie, ließ den spindeldürren, wundfüßigen Alten aufsitzen und ritt ihn über den Korallen-

*) Nicht wiederzugeben auf europäisch. Der Ausdruck hängt mit dem Glauben der Eingeborenen zusammen, daß die Seele in den Augen eines Menschen wohnt.

strand, bis der lose Sand begann.

Als wir das Haus erreichten, wollte der Alte nicht mit hinter den Bambuszaun. Dazu war er zu vornehm und Tongu zu gering. Darum setzte mein Wirt ihn vorsichtig unter der Kokospalme nieder, wo er die Beine von sich streckte und sich gegen den Stamm lehnte.

Ich wollte ins Haus gehen, um ein Antrittsgeschenk auszusuchen.

„Ich bin ein alter, schwacher Mann!" jammerte der Minister hinter mir her und trocknete sich den Mund mit dem Rücken seiner zitternden Hand.

„Sitz ein Schläfchen!"*) bat Tongu einschmeichelnd.

„Ich bin ein alter, schwacher Mann!" krähte der Alte wieder und streckte seine schlimmen Zehen von sich, die ganz geschwollen und blauschwarz waren.

Jetzt begriff ich. Ich holte meinen Java-Rum, dessen Ruf offenbar bis zum Hofe gedrungen war, und schenkte ihm einen Schnaps ein.

Der Alte nahm den Schnaps, ließ ihn im Munde hin und her laufen und gurgelte sich den Hals damit, bevor er ihn herunterschluckte. Dann beleckte er das Glas sowohl von innen wie von außen und schielte nach der Flasche, die ich eiligst in meine Tasche steckte.

Während Tongu und ich über die Schiffskiste gebeugt standen, um etwas Passendes auszusuchen, wurde die niedrige Tür hinter uns plötzlich verdunkelt. Der Alte war uns dennoch nachgeschlichen.

„Ich bin ein armer Mann!" sagte er kläglich und streckte die Hand aus. Im selben Augenblick entdeckte er eine große, gesprenkelte Wanze in einer Bambusritze. Er ergriff sie mit zwei Fingern und aß sie, ohne seine Augen einen Augenblick von meiner Kiste zu verwenden.

Wahuja ist der reichste Mann auf der Insel. Man sagt, daß er sich einen reichen Tabu**) verdient, indem er die Gnade des Königs verwaltet.

Ich suchte einen Taschenbleistift mit einem silbernen Knopf hervor. Er biß darauf, roch daran und steckte ihn schließlich mit

*) Wart' ein Weilchen!

**) Siehe Anmerkung S. 83

einem tiefen Seufzer ins Haar. Die Gabe war anscheinend zu gering, aber ich konnte seine Fratze nicht leiden.

Ich wählte ein rotes Seidentuch aus meiner Batavia-Zeit für die Königin und für den König ein altes Opernglas, das ich beim letzten Weihnachtsfest, das ich auf Java verlebte, von der Frau meines Chefs bekommen hatte.

Als wir zusammen über die Landstraße trabten, die vom Strande bis zum Königshause führt und mit flachen Steinen gepflastert ist, hingen Talaos Jungen, die damals noch nicht im Gemeinschaftshause*) waren, über einen Bambuszaun.

„Weißes Langohr!" schrie der eine und duckte sich. Der Alte tat, als höre er nichts; Tongu aber warf einen Stein nach ihm und traf den Zaun, so daß er krachte und der weiße Staub aufwirbelte. Die Jungen aber lachten laut aus sicherem Versteck.

Als wir an der Biegung standen, die zum Hause des Königs führt, sahen wir eine Reihe neugieriger Frauenköpfe in der offenen Wand hinter der Veranda. Sie verschwanden, als sie sich entdeckt sahen.

Wir stiegen die Hühnertreppe hinauf und von Wahuja geführt krochen wir durch die niedrige Öffnung unter dem tiefhängenden Blätterdach.

Der König saß mitten im Raum auf einer gemusterten Pisangmatte. Das Zimmer hatte an der einen Seite die Verandaöffnung, Fensteröffnungen an zwei andern und eine Bambusscheidewand mit einer breiten Türöffnung an der vierten Seite, der Veranda gegenüber.

Hinter ihm saß die Königin auf einer Matte für sich allein.

Wahuja legte sich auf seine Knie und flüsterte dem König etwas zu, das wir nicht verstehen konnten. Dann winkte er mich heran, während Tongu am Eingang stehen bleiben mußte.

Wahuja schlich zu seiner Matte zur Rechten der Königin. Längs der Bambuswand saß der Hof, das heißt die Männer mit ihren Speeren und Keulen. Die Damen – die übrigen Frauen des Königs – und die Kinder drängten sich neugierig murmelnd in der Türöffnung.

Der König ist ein ältlicher, fetter Mann mit einem Bauch, der blank und straff ist und ein gutes Stück über das dunkel-

*) Siehe hierüber 7. Kapitel u. a.

rote tapa*) herabhängt. Er hat eine Brust wie ein Weib und dichtes graues Haar auch in den Armhöhlen. Um den Arm trägt er ein Band von kleinen blendendweißen Knochen, und das Haar ist vorn hochgekämmt und wird von Kämmen, die aus Schildpatt zu sein scheinen, gehalten.

Er erhob sich mit Beschwer und gab mir auf europäisch die Hand.

„Shanku Sar!"**) sagte er und zeigte seine weißen Zähne.

Das ist das einzige, was er auf englisch sagen kann. Er ist sehr stolz darauf und gebraucht es bei allen offiziellen Gelegenheiten.

Ich begrüßte ihn eingeboren und wünschte ihm, auf meinen flachen Händen liegend, ein langes Leben und Fruchtbarkeit für seine Frauen. Das gefiel ihm. Er gab mir durch einen Schubs zu verstehen, daß ich neben ihm hocken solle. Ich war also garnicht in Ungnade. Es war eine Lüge, daß das Herz des Königs im Begriff war einzuschrumpfen. Wahuja hatte übertrieben, um mich bange zu machen und einen Schnaps zu verdienen.

Der König hat große Augen, gierig und gleichzeitig melancholisch. Er fraß mich mit seinen Blicken, ebenso wie Wahuja es getan hatte.

Die Königin war vornehmer. Sie hatte rote Blumen im Haar und in beiden Ohren; zwei Ketten von Muschelperlen hingen ihr um den Hals, zu denen sie jeden Augenblick hinabschielte; auch um die Handgelenke trug sie Perlen. Sie war vom Hals bis über die Brust, die nicht viel größer, aber hängender war als die des Königs, mit schwarzen und grünen, parallel laufenden Zickzacklinien tätowiert.

Sie saß unbeweglich auf ihrer Matte, die offenen Handflächen von sich gestreckt, und starrte mich unter den schläfrigen Augenlidern unverwandt an. Wenn aber mein Blick den ihren traf, wandte sie den Kopf zur Seite und gab einen Laut von sich wie eine Katze, der man gegen das Fell streicht.

Es ging nach allen Regeln der Zeremonie zu. Der König suchte mir eigenhändig aus seinem Armkorb***) die beste Betelnuß heraus, knackte selbst die weiße Schale auf, durch-

---

*) Lendentuch.
**) Thank you, Sir!
***) Alle Eingeborenen haben einen Korb am Arm statt einer Tasche. Darin haben sie Betel und was sonst in eine Tasche gehört.

schnitt den Kern mit seiner Paradeaxt*), streute aus einem Kürbis mit seinen Löchern, wie aus einer Zuckerdose, gestoßenen Kalk darauf, suchte ein extra saftiges Pfefferbaumblatt hervor, worin er das Ganze einwickelte, und reichte mit den leckeren Bissen.

Es war eine absolut erstklassige Portion Kautabak, wie man sie auch auf Yap nicht besser bekommt, das wegen seines Betels berühmt ist. Dann machte er sich selbst eine Portion zurecht, worauf wir eine Weile unter feierlichem Schweigen kauten und in weitem Bogen auf den Bambusboden spuckten.

Wenn der König nicht so stramm aus den Armhöhlen gerochen hätte, wäre es ein recht angenehmer Besuch gewesen. Man sagt, daß er schwach ist. Die Sache aber ist die, daß er auf Grund seiner Stellung nicht genügend Bewegung bekommt, und das beeinträchtigt den Stoffwechsel.

Wir sprachen vom Wetter und vom Fischfang nach dem Monsumwechsel. Der König machte eine feine Andeutung, daß es ihm bekannt sei, daß Tongu die besten Fischnetze in der Gegend habe. Der Hof bekäme nur selten Fische. Die Abgaben beständen meistens in Früchten, Vögeln und hin und wieder Ferkeln. Ich versprach ihm einen ganzen Korb mit Fischen zu schicken und versicherte ihm, daß ich bis jetzt noch keine Abgabe gezahlt hätte, weil ich etwas sammeln wollte, was des Königs Augen recht groß machen und sein Herz erweitern könne.

Das gefiel ihm sehr. Er zeigte seine Zähne**); und als seine melancholischen Augen sich jetzt auf meine Tasche hefteten, hinter der die Flasche und das Opernglas sich wölbten, ergriff ich die Gelegenheit, ihm meine Geschenke zu überreichen.

Als der Hof der Flasche ansichtig wurde, grunzte und raschelte und murmelte es die ganze Wand entlang. Auch die Weiber und Kinder gaben ihrer Freude im Namen des Königs Ausdruck.

Er nahm sich gleich einen ordentlichen Schluck, bot mir die Flasche aus Höflichkeit, zog sie aber zurück, bevor ich noch Zeit gefunden hatte, abzulehnen.

---

*) Der König trägt als Zeichen seiner Würde über der linken Schulter eine kleine weiße Axt mit einem dünnen Holzgriff und einem Blatt aus der Schale der Riesenmuschel, eine Axt von derselben Sorte, wie alle Eingeborenen sie benutzen, nur kleiner und feiner.

**) Der Ausdruck der Eingeborenen für lächeln.

Das Operngglas interessierte in nicht so sehr. Das war ja nur etwas fürs Auge.

Die Königin klatschte ihre Hände vor Freude über das Seidentuch gegen ihre fetten Beine. Ein einziges Mal. Dann war sie gleich wieder würdevoll. Sie probierte es erst um den Hals, darauf über die Brust, dann vorn über dem Rock, vom Gürtel abwärts, und schließlich um den Arm. Jedesmal wandte sie sich zu den Frauen im Hintergrunde um, die ihren Beifall so lebhaft zu erkennen gaben, daß der König sich umwenden und „Mund halten!" rufen mußte.

Da war ein süßes Ding, ein Mädel von ungefähr zwölf Jahren, gerade reif fürs Gemeinschaftshaus. Sie saß in der Tür und betrachtete meine Herrlichkeiten mit großen blanken Augen. Ich konnte es nicht lassen, ihr auf europäisch zuzunicken. Sie nickte wieder und lachte über ihr ganzes unschuldiges Gesicht. Aber da kam eine ältliche Madame – wahrscheinlich ihre Mutter – packte sie im Nacken, schubste sie zur Seite, setzte sich selbst an ihre Stelle und begann mir zuzunicken und ihre Zähne zu zeigen. Das war ein übler Tausch.

Der König erhob sich. Der Rum begann zu wirken. Er versetzte mir in höchster Gnade einen Fußtritt aufs Schienbein und lud mich zum Mittagessen ein.

Jetzt verschwanden alle, ausgenommen der Kronprinz – ein geschmeidiger Bursche von siebzehn Jahren, mit einem stolzen Nacken und unruhigen Augen – und dann Wahuja, der uns auf den Hacken folgte und mit seinen langen Ohren belauerte.

Der König zeigte mir seine Veranda und seine einzigartigen Kokospalmen. Einige davon waren höher als ein vierstöckiges Haus. Der Kronprinz bekam einen Wink, kletterte mit gestreckten Armen und Beinen am Stamm hinauf und warf einige frische Nüsse herab. Eins, zwei, drei war er wieder unten, schnitt das Dreieck heraus, und wir tranken aus derselben Nuß, der König und ich,– eine sehr große Ehre.

Dann kehrten wir in den Saal zurück und besahen die Kostbarkeiten. Da war eine verrostete Schiffskanone, die ich auf ihre Schwere hin prüfen mußte. An der Wand hing an einem Bastfaden eine Klystierspritze. Der König zeigte mir, wie sie spritzen konnte. Er strahlte eine Wanze damit von der Wand herunter. Mitten an der Wand hing ein koloriertes Madonnenbild, ein Öldruck aus einer Zeitschrift. Der König erzählte mir, daß es

„Sha Quwin" (the Queen) sei – die große Königin der Weißen und ihr kleiner Sohn.

Das Mittagessen war ausgezeichnet.

Wir bekamen Brotfrucht mit Yams*) zusammengebacken; dann Palmenkohl von jungen Kokosschüssen; er ist etwas grob, aber außerordentlich frisch und schmackhaft. Darauf gab es wilde Fruchttauben, die mit allen Eingeweiden geröstet waren. Dann bekamen wir Rücken von fliegenden Fischen mit Pisangmark zu Klößen geknetet. Fliegende Fische ähneln Makrelen, sind aber feiner im Geschmack.

Wir tranken reichlich Toddy**) dazu, und der König führte sich hin und wieder einen Schluck Rum zu Gemüte.

Alles wurde nett und reinlich auf jungen, frischen Pisangblättern serviert. Man ißt viel besser mit den Fingern als mit Messer und Gabel, wenn man sich erst daran gewöhnt hat.

Zum Dessert bekamen wir taffa – eine dicke Grütze aus geschabtem Bananenfleisch und Kokossaft.

Während wir aßen, hatten sowohl der König wie ich ein Mädchen hinter uns mit einem Blattfächer, der unablässig in Bewegung war. Selbst als der König zwischen dem Vogel und dem Fisch zur Verandaöffnung mußte, um ein kleines Geschäft zu verrichten, folgte sie ihm mit dem Fächer.

Das Essen schmeckte uns großartig. Der König stieß einmal nach dem anderem mit großer Befriedigung auf. Schließlich wurde er so froh, daß er sich längelang ausstreckte und sagte, jetzt solle ich mir eine Gegengabe wählen, jeder Wunsch würde mir erfüllt werden.

Ich dachte gleich an die Kleine von vorhin. Wagte aber nicht es auszusprechen. Vielleicht war sie eines seiner Lieblingskinder.

Während ich noch saß und überlegte, kam der Hof zurück, um die Reste der Mahlzeit zu verzehren, die ihm zufallen.

Dazwischen war ein junger, breitschulteriger Bursche, der mir vorhin durch seine warmen, treuherzigen Hundeaugen aufgefallen war. Ich fragte den König, ob er ihn mir überlassen wolle.

Er richtete sich halb auf seinem Ellenbogen auf und sah sich um. Dann winkte er den Mann heran.

---

*) Eine Wurzel, die wie Kartoffeln schmeckt.

**) Toddy ist ein süßer Palmenwein, der durch Beschneidung junger Kokoskolben gewonnen wird. Der herausgeflossene Saft gärt eine Zeitlang; dann ist der Wein fertig.

Der Bursche sprang vor Freude in die Höhe und warf sich dann platt vor mir auf den Magen. Man glaubt gewiß, daß ich zu Hause in meiner Kiste Unmassen von Rum habe. Denn alle anderen schielten sauer und neidisch zu ihm hin.

Dann wollte der König schlafen; Wahuja kam herangeschlichen und bedeutete mir, daß ich verduften solle. Er flüsterte dem König etwas zu, der sich schleunigst wieder aufrichtete. Während ich ihn auf eingeborene Art grüßte und bedankte, glückte es ihm, wieder etwas Königswürde in seinen betrunkenen Zügen zum Ausdruck zu bringen, und er lallte in einem halb drohenden Ton, daß ich die Abgabe nicht vergessen solle.

Als ich hinaus kam, sah ich Tongu, der sich über die Kokosnüsse des Königs hergemacht hatte. Er war hungrig und schlechtgelaunt und knuffte meinen neuen Jäger in den Rücken, der mir folgte, so wie er ging und stand.

Er hieße Tokozikasa, sagte er. Das ist mir zu lang. Ich nenne ihn Toko.

Zweites Kapitel
Die Stadt erwacht

Tongu hatte mir häufig von „den Steinen unserer Väter" im westlichen Walde erzählt. Darum beschlossen wir, am folgenden Tage mit Sonnenaufgang einen Ausflug dorthin zu machen. Toko sagte, daß ein Wald von Brotfruchtbäumen in der Nähe sei, der von „fliegenden Hunden" wimmele. Diese wollte ich bei selber Gelegenheit jagen.

Abends machte Toko seinen Bogen in Ordnung. Ich reinigte meine Büchse. Tongu sah das Kanu nach und versah es auf alle Fälle mit Kokos, Bananen und Yamsbrot.

Toko war der erste, der erwachte und mit Geheul in die Höhe fuhr. Er muß sich hin und wieder durch unartikulierte Laute Luft verschaffen, sonst wird er schwerfällig und schlaff und schwül wie ein Gewitter, bevor der erste Blitz niedergeht.

Der östliche Himmel war wie eine ungeheure Perlmuttermuschel mit silbernen Flecken darin. Die Flecken wurden nach und nach rot und verwandelten sich schließlich ganz unten am Horizont zu goldenen Pünktchen. Plötzlich glühte der äußerste Rand der Sonnenkugel aus dem Wasser hervor und färbte den ganzen Spiegel rot, während das Perlmutter sich zu lichten, roten Flocken zusammenballte. Als die glühende Kugel zur Hälfte da war, wurden die Flocken plötzlich auf eine eigene Weise von dem tiefen Blau aufgesogen. Man kann den Sonnenaufgang wieder und wieder sehen, seit mehr als zwanzig Jahren habe ich ihn auf den Inseln genossen, und wird des Anblickes doch nie müde.

Es wehte ein kühles Lüftchen aus Nordost, obgleich wir bereits im Anfang vom April waren und gerade vor der Zeit der Windstille beim Monsumwechsel standen. Als die Sonne aber ganz aufgegangen war, verschlang sie die Brise.

Nachdem wir uns den Schlaf aus den Augen gerieben hatten, konnte Toko nicht länger an sich halten. Er rannte mit ein paar Sätzen über den Hof, daß Tongus Hühner flügelschlagend nach allen Seiten stoben, umfaßte zwei Pfähle und schwang sich mit Triumphgeschrei rückwärts über Tongus Rohrzaun.

Tongu stürzte wütend durch die Zauntür, vor der Toko in dem weißen Sand stand, die Hände auf die Knie stützte und ihn auslachte. Er hat das Kunststück schon mal gemacht; Tongu aber faßt es wie eine Beleidigung auf, „als ob sein Zaun nicht hoch genug sei." Tongu beugte sich herab, raffte mit beiden Händen Sand zusammen und wollte Tokos Augen treffen; Toko aber war bereits halbwegs unten am Strand und ließ nur noch seinen Rücken sehen.

„Warum willst du dich über den tollen Burschen ärgern", sagte ich; und nachdem Tongu alles Böse auf Tokos noch ungeborene Kinder herabgewünscht hatte, wurde er wieder gut und fing an zu flöten.

Toko war bereits im Kanu, das er so weit auf den Korallengrund hinaufgeschaukelt hatte, bis der Schwimmkiel*) festlag. Er trampelte ungeduldig auf dem Boden herum und schwang beide Ruder über seinem Kopf, um seine überflüssigen Kräfte wenigstens zu etwas zu gebrauchen.

---

*) Da das Kanu schmal ist und darum leicht umkippen würde, ist es an der einen Reeling mit zwei Stangen versehen, die es mit einem Schwimmbalken verbinden, der mit dem Kanu parallel läuft und es im Gleichgewicht hält.

Tongu und ich wateten zu dem jungen Blut hinaus. Obgleich er den gesetzten, backenbärtigen*) Tongu von Morgen bis Abend reizt, kann auch er sein vergnügtes Gesicht mit den warmen Hundeaugen nicht entbehren.

Es ist verflucht wenig Platz in so einem Kanu. Ich sitze vorn mit dem Schieber zwischen den Armen und habe meine Knie bis ans Kinn hinaufgezogen. Dann kommen Tongu und Toko mit je einem Ruder, in derselben zusammengezogenen Stellung wie ich.

So gleiten wir in das flache Binnenwasser**) hinaus, das von dem toten, weißen Korallengrund hellblau gefärbt wird.

Toko läßt sich an seinem Ruder nicht genügen. Er schmettert und jodelt, so daß es in seiner Kehle bebt, er wirft den Kopf in den Nacken, genau wie ein Singvogel. Er schwatzt sinnloses Zeug, sitzt in der Morgensonne und lacht aus vollem Halse.

Es dauert nicht lange, da sang ich mit. Einen alten, europäischen Liederrefrain, dessen ich mich gar nicht mehr zu erinnern glaubte. Tongu konnte schließlich auch nicht widerstehen. Das beschleunigte unsere Fahrt; wir schossen so schnell dahin, daß das Wasser über den Schwimmkiel schäumte.

Draußen auf der Klippe lärmte die Brandung. Hin und wieder wurde die rote, lebende Korallenmasse bloßgelegt. Es sah aus, als würde eine ungeheure blutige Wunde mit Seifenschaum ausgewaschen.

Seevögel flogen schreiend und flügelschlagend über die Wunde, und Strandläufer strichen im niedrigen Flug über das Binnenwasser.

Es war ein gesegneter Morgen. Der Himmel schimmerte wie das reinste Feuer eines einzigen dunkelblauen Diamanten. Die Küste leuchtete so weiß von dem feinen Korallensand, daß es in den Augen schmerzte, obgleich die Sonne noch niedrig stand.

Hinter dem Sand, gleich jenseits des Strandweges, winkten die schlanken, saftiggrünen Bananen-Pisangs mit ihren mächtigen Blättern. Die Luft war so durchsichtig, daß man die Purpurflecke auf den Stämmen und die violette Decke der Frucht-

*) Backenbart ist das Zeichen der Würde auf den Inseln und wird in dieser Bedeutung auch gebraucht, wo kein Bart ist, z. B. bei Frauen.

**) Die Lagune innerhalb der Ringklippe, zwischen dieser und der Küste.

blätter unterscheiden konnte. Die Fruchtbündel waren noch klein und grün.

Die Kokospalmen hoben ihre gelblichen Kronen über den Pisanghain. Die empfindlichen Blätterzipfel zittern in der schimmernden Luft, obgleich es fast windstill ist. Dicht am Stamm leuchteten die rundlichen Kolben mit ihren faserigen Nüssen wie eine kleine gelbe Wolke unter den Blättern hervor. Das ist der Kokoshain des Königs, von dem alle Jungens der Stadt stehlen.

Hinter den Palmen wieder erheben einige alte Brotfruchtbäume ihre waagerechten Äste mit dem mächtigen, dunkelgrünen Laub, zwischen denen die langen Zäpfchen*) hängen. Die kugelrunden Fruchtblumen, so groß wie Kinderköpfe, sind grün und reif zum Pflücken.

Jetzt kommen wir an der letzten Hütte unserer Stadt vorbei. Unsere Stadt ist die größte auf der Insel und darum Residenz. Die anderen Städte haben allerdings auch je einen König, aber unser König erkennt sie nicht an und behauptet, daß die ganze Insel ihm gehöre.

Längs der Strandlinie zieht sich ein dichtes, dunkles Gehölz hin. Das sind wilde Pisangs; sie sind kleiner als die angepflanzten und drängen sich zwischen mächtigen Pandangbüschen, deren lange, schmale Blätter sich ineinanderfilzen.

Die Küste macht eine Biegung nach Nordost. Noch ein gutes Stück Fahrt, dann können wir schon die gelben Pandangdächer unseres Nachbardorfes zwischen den Bäumen unterscheiden.

Es ist ein wohlhabendes Dorf. Es besteht allerdings nur aus ungefähr zwanzig Hütten, aber sie sind alle gut gedeckt und auf Balken errichtet. Ihre Rohrzäune sind hoch und fast ganz von den fruchtbaren Herzblättern der Yamswurzel, die sich an den Stangen hinauffschlingen, überwachsen.

Die Stadt ist gerade erwacht und fängt an sich zu rühren.

Hinter den Hütten ist ein dichtes Dunkel von niedrigen Tarosträuchern, zwischen denen einige Kinder bereits Verstecken spielen. Als Sie uns gewahr werden, stürzen sie an den Strand, um zu glotzen.

Da steht ein Mann vor seiner Hüttentür und reckt sich den Schlaf aus den Gliedern. Sein Weib hockt neben ihm mit einem

*) Männliche Blüten.

Kind im Gürtel, das ihre hängende Brust mit beiden Händchen hebt und den Morgentrank herausdrückt.

Einige junge Dinger tollen im Wasser. Sie kreischen wie frohe Papageien und spritzen sich gegenseitig beim Morgenbade das lauwarme Wasser ins Gesicht.

Jeden Augenblick tauchen sie nach etwas, das sie mit Begehrlichkeit verschlingen und sich gegenseitig zu entreißen suchen. Entweder sind es Meerwalzen oder die kleinen hellroten Muscheln, deren Namen ich nicht kenne. Die Eingeborenen nennen sie Muamua und ziehen sie allen anderen Schaltieren vor.

Sie beschatten die Augen mit den Händen und starren zu uns hinüber. Einige machen sich augenscheinlich über uns lustig. Und Toko schreit aus vollem Halse, daß sie sich hüten sollen.

Dort liegt das Kanuhaus der Stadt. Es ist kleiner als unseres und kaum mehr als ein Bambusschuppen, mit einigen lose darüberhängenden Kokosblättern.

Auf dem Giebel ist nur eine flammende Sonne gemalt. Wir haben nicht nur eine Sonne, sondern auch eine sitzende Frau, Frösche, Vögel und eine Kokospalme, und unser Dach ist viel höher und dichter.

Zwei Männer sind damit beschäftigt, den Stamm eines Brotfruchtbaumes mit ihren kleinen Äxten auszuhöhlen. Als sie uns sehen, schwingen sie die Äxte und rufen uns etwas zu. Wir rufen wieder, während die Frauen mit gespreizten Beinen in dem weißen Sand stehen und uns anglotzen.

Toko macht ihnen ein unanständiges Angebot, was er nie den Frauen seiner eigenen Stadt gegenüber gewagt hätte. Sie können gar nicht hören, was er sagt; aber Tongu, der ebenso flachhändig*) wie backenbärtig ist, schilt ihn dennoch aus.

Jetzt sind wir an ihnen vorbeigeglitten.

Dort – ein Stück von den anderen entfernt – liegt noch eine Hütte mitten in einem Pisanggarten.

Der Mann ist emsig mit den reifen Schußstämmen beschäftigt. Er fällt den einen nach dem anderen mit seiner weißen Axt, die in der Sonne blinkt, wenn er sie schwingt. Die Kinder laufen ihm zwischen den Beinen; wenn der Stamm fallen soll, bringt er sie in Sicherheit.

Der Pisang seufzt im Fallen wie ein lebendes Wesen, was er ja

*) Ehrbar.

auch ist. Sein Weib pflückt die Bananen von dem gefällten Stamm und wirft die überreifen den Kindern hin, die sich wie kleine hitzige Hunde darum balgen. Darauf spaltet sie den Blattstamm und schabt sorgfältig das Mark heraus. Keiner von ihnen hat Zeit gehabt, uns zu entdecken.

Jetzt ist nichts weiter zu sehen als das wilde, dichte Gehölz, aus dem wir die kleinen grünen Papageien schreien hören können.

Was ist das?– Noch ein Mensch. Ach, es ist ein junges Mädchen. Sie ist ganz nackt, kommt wohl gerade aus dem Wasser. Sie sucht sich lange Gräser zu einem neuen Rock. Sie hat schon ein Bündel davon in der Hand. Jedesmal wenn sie einer Blume ansichtig wird, pflückt sie sie und steckt sie sich mit ihrem schlanken, hellbraunen Arm in das dichte Haar. Sie hat einen prächtigen Körper mit runden, flachen Hüften.

Ich kann es bald nicht mehr aushalten. Man ist doch noch jung. Auch Toko streckt den Hals und macht große Augen; und er ist doch daran gewöhnt.

Drittes Kapitel
Die fliegenden Hunde

Das Gehölz hört auf. Der Boden scheint sumpfig zu sein. Dichtes Schilf steht am Ufer. Je weiter wir kommen, desto höher wird es. Jetzt ist es gewiß schon über Mannshöhe. Es macht den Eindruck von Dschungeln.

„Dort müssen wir hinein! ' sagte Tongu.

Ein kleiner Fjord schneidet in das Schilf hinein, von langen, lotrechten Leuchterwurzeln mit dunklen Kronen begrenzt.

Das sind die Mangroven.

Wir rudern mit langen Schlägen hinein. Das Wasser ist hier still und blank, aber auch dunkel. Eine feierliche Einsamkeit lauscht uns entgegen.

Ich begreife nicht, was er hier will. Man kann ja nirgends landen. Das Ufer unter den Mangroven ist wie ein einziges schwarzblaues Schlammloch.

Noch ein Stück. Da sehe ich, wie die Mangroven sich links teilen und einem schmalen Wasserarm Platz machen, der kaum zehn Fuß breit ist. Die Bäume schließen sich über unseren Köpfen zusammen, nur hin und wieder ist ein blauer Himmelsfetzen zu erspähen.

Uralte Bäume, deren Kronen ganz oben grün und dicht sind, schließen Licht und Luft aus; die unteren, dicken, recht hervorstehenden Äste, die an den Stamm festgezimmert zu sein scheinen, sind halbtot und von einer dicken Morastschicht bedeckt. Im Moose wachsen Blattpflanzen, die große rote Blumen haben; Schlinggewächse spinnen sich dazwischen hin und her und verfilzen sich zu einem undurchdringlichen Netz, das sogar den Laut aufhält. Und unterhalb der halbtoten, mächtigen Zweige – lotrecht in den Morast hinein – stehen die Leuchterwurzeln, die das Leben in dem alten Stamm aufrechterhalten, indem sie ihn stützen und Nahrung für ihn aufsaugen. Zwischen den Leuchtern schlingen sich Lianen hin und her, als ob kunstfertige Strickleitern zu den Kronen hinaufführten.

Hier drinnen ist es kühl und dunkel. Ein durchsichtiges, tiefgrünes Kristalldunkel, still und gedämpft. Das Vogelgeschrei und das Plätschern der Ruder ruft keinen Widerhall hervor, es ist, als hingen von allen Seiten dicke Portieren von der Decke herab.

Hin und wieder ertönt ein Vogelschrei, aber Vögel kann ich nicht erspähen. Nur ein hastiges Aufblitzen von Grün oder Rot, das sofort wieder verschwindet.

Ich spanne den Hahn; mein Auge aber verliert wieder und wieder die Spur.

Ich kann fortwährend Tauben girren hören. Die grauen Fruchttauben mit dem roten Knoten auf dem Schnabel. Solange sie stillsitzen, ist es aber unmöglich sie zu entdecken. Selbst Toko kann es nicht.

Schließlich ist da ein Paar, das auf einer der äußersten Luftröhren sitzt und trinkt; sie erheben sich und fliegen flügelschlagend quer über den Wasserarm.

Ich schoß die eine von ihnen. Wir mußten in die Wurzeln hineinrudern, damit Toko sie mit dem Ruder erreichen konnte.

Späterhin schoß ich noch ein paar. Sie schmecken ausgezeichnet und sind so groß wie ein gutes Küken.

Auch einige grüne Papageien, die die Neugierde auf die äußersten Zweige gelockt hatte, knallte ich herunter.

Jeden Augenblick blitzte etwas pfeilschnell und dunkelrot zwischen den Zweigen auf; bevor ich aber die Büchse an die Backe gelegt hatte, war es weg. Es war der Honigvogel. Er ist klein und behende und lebt von Blumenhonig. Selbst wenn ich ihn vor den Schuß bekommen hätte, so würden wir ihn doch nicht erreichen können. Er hält sich zu tief drinnen zwischen den Bäumen auf. Da wo er hinfiele, hätten wir doch nicht hingelangen können; und wahrscheinlich wäre er im Lianennetz hängen geblieben.

Der Wasserarm wird schmäler, die Stille tiefer. Jetzt hört auch das Vogelgeschrei auf. Der wilde Wirrwarr von Zweigen, Blättern und Schlingfäden hängt still und starr wie Theaterdekorationen in der Luft. Es wirkt unheimlich auf den, der es zum erstenmal sieht. Man kann sich des Gedankens nicht erwehren, daß der Tod oder anderer Unrat hinter der unnatürlichen, tückischen Stille lauert. Es ist, als starre ein ungeheurer Schlangenblick aus unbeweglichen Pupillen einen an. Ich erinnere mich dieses ersten Eindruckes noch deutlich aus meinen ersten Javajahren.

Die Eingeborenen überwinden diese Furcht niemals ganz. Sie wagen sich nicht allein hinein. Sie glauben, daß die Seelen böser Menschen vorübergehend Aufenthalt in dem tiefen Schlamm unter den Mangroven nehmen. Ihre Seufzer und ihr Atem sind es, die alle anderen Laute töten*).

Sowohl Tongu wie Toko kennen das Fahrwasser. Dort, wo der Wasserarm plötzlich nach rechts abbog, ruderten sie ans linke Ufer und geradewegs ins Schilf hinein.

Ein ungeheurer Mangrovebaum lag dort vom Alter gefällt. Er hatte seine Luftwurzeln gesprengt, die wie die Rippenstummel eines zerquetschten Brustkastens um ihn herumragten. Die Lianen hingen schlaff von den Nachbarbäumen herab und drehten sich frei in der Luft wie mächtige, zerrissene Spinnenfäden; andere hatten gehalten, aber waren bis zum Zerreißen gestrammt, als wären sie von Menschenhand zur Vertäuung des Riesen ausgespannt, bei dessen Fall ein Lichtloch in die blaue Luft gerissen worden war – ein Loch, das die Nachbarbäume erst nach langer Zeit wieder ausfüllen konnten.

Während Tongu das Kanu festhielt, kletterten Toko und ich auf den Stamm hinauf, der bereits an mehreren Stellen morsch

---

*) Siehe S. 91

war und unter uns zusammenbrach. Jeden Augenblick dachte ich: jetzt kracht die ganze Geschichte zusammen und versinkt mit dir in die schwarze Lauge, die sauer und verfault zu uns hinaufstinkt.

Als wir das grüne Ende des Stammes erreicht hatten, das zerschmettert zwischen zwei anderen Mangroven lag, ruderte Tongu weiter. Toko beruhigte mich. Wir würden ihn schon wiederfinden.

Der gestürzte Stamm hatte uns über das Schlimmste hinweggeholfen; aber wir mußten uns doch noch ein gutes Stück von Ast zu Ast schwingen, bevor wir auf einem Boden Fuß fassen konnten, der wenigstens nur sumpfig war.

Hier war besser Platz. Wir befanden uns am Eingang zu einer Lichtung, der wir folgten. Und plötzlich standen wir auf einem offenen Stück mit Farnen, die uns bis an die Brust reichten; und als wir sie durchschritten hatten, kamen wir in hohes Alang-Alanggras und hatten den Himmel frei und blau über unseren Köpfen.

Drüben, auf der anderen Seite der Lichtung, lag der Brotfruchtbaumwald, von dem Toko gesprochen hatte. Strahlende, dunkelgrüne Kronen, die sich ihre Zweigarme entgegenbreiteten, mit großen, breiten Blättern, die fast die Brust eines Mannes decken konnten.

Zwei Vögel mit Schwingen wie große Eulen schwebten über den Baumkronen.

Ich wollte schießen, Toko aber packte mich am Arm.

„Das sind fliegende Hunde!" flüsterte er. „Warte, bis sie sich setzen. Sie haben jetzt Schlafenszeit. Der Schwarm sitzt bereits in den Bäumen."

Sie kreisten ein paarmal herum, als suchten sie sich einen bequemen Baum aus. Dann sanken sie herab, fielen durch ihre eigene Schwere, indem sie plötzlich ihre Flughaut an den Körper legten. Als sie die Baumkrone erreicht hatten, breiteten sie die Flügel wieder einen Augenblick aus, bis sie Fuß gefaßt hatten. Mit einem leisen Aufklatschen schlugen sie einen Purzelbaum auf den Blättern. Ein gedämpftes Pfeifen und Knurren erklang von dem Schwarm, der bereits zur Ruhe gekommen war und jetzt in seinem Schlaf gestört wurde. An dem Zittern der Blätter konnten wir sehen, wie die Zweige von ihrer Last niedergedrückt wurden.

Wir blieben stehen, bis alles ruhig geworden war. Dann schlichen wir hinüber.

Hoch oben unter den Kronen, in dem kühlen, dunklen, kristallklaren Blätterschatten hingen sie Reihe neben Reihe und in Etagen längs der Zweige. Sie hingen dort zu Hunderten, wie Schinken auf einem Rauchboden, die Köpfe nach unten, in ihre Flughaut eingehüllt, ohne Bewegung. Nicht das geringste Zittern war zu spüren. Wer nicht wußte, was es war, hätte diese Dinger nie für Tiere gehalten. Vielleicht für die Nester der Töpfervögel oder für eine andere kunstfertige Tierindustrie, aber nicht für lebende Wesen.

Ich zielte mit Behutsamkeit, schoß, aber das Tier blieb unberührt hängen. Nicht einmal angeschossen schien es mir zu sein. Ich schoß wieder. Dasselbe Resultat.

So fehlgeschossen hatte ich nicht, seit ich als grüner Junge in Amsterdam Dachratten herunterzuknallen versuchte.

Ich wollte noch einmal schießen. Aber da kam Bewegung in den Schwarm. Die Köpfe mit den spitzen Ohren wurden von der Flughaut befreit. Eins, zwei, drei, waren sie oberhalb der Äste, wobei sie wie kleine Affen schrien, durch die Blätter, und fort. Nur einer blieb hängen. Plötzlich aber ließ er den Zweig los und fiel, ohne seine Flügel auszuspannen, zur Erde, als hätte er an einer Schnur gehangen, die plötzlich gerissen war.

Toko, der seine Pfeile aufsparte, bis er Tiere fand, die weniger hoch hingen, lachte über mein Erstaunen, als ich das Tier mausetot auf der Erde liegen sah. Er wußte, daß es noch ganze fünf Minuten nach dem Tode an seiner großen Zehe hängen bleiben kann. Erst wenn die Sehne ganz schlaff geworden ist, wird das Glied durch die eigene Schwere des Tieres geöffnet.

Das war die Erklärung für die Fehlschüsse.

Jetzt gingen wir suchend von Baum zu Baum. Die Tiere waren aus ihrem Mittagsschlaf aufgescheucht worden. Schließlich, ein Stück weiter fort, fanden wir wieder einen Schwarm. Ich schoß einige. Aus Neugierde, denn es ist ja das reine Scheibenschießen. Ich muß außerdem sparsam mit meiner Munition umgehen, denn die Zeit ist nicht mehr fern, wo ich mich mit Pfeil und Bogen begnügen muß.

Die Eingeborenen töten auch nicht viele. Die Männer dürfen sie nicht essen. Und in der Regel hängen sie zu hoch für die Pfeile der Eingeborenen. Nur diejenigen, die sich in die angepflanzten Brotfruchtbäume setzen, werden ohne Gnade getötet, weil sie die Frucht fressen. Das wissen die klugen Tiere und kommen darum erst in der Nacht.

Der letzte, den ich traf, breitete zitternd im Fallen seine behaarte Flughaut aus und schlug schlaff gegen Zweige und Blätter. Als ich ihn fand, waren seine Augen gebrochen. Unter der Flughaut aber, die sich im Tode wieder zusammengezogen hatte, spürte ich eine Bewegung, und als ich die Flügel mit Gewalt zurückgebogen hatte, sah ich ein Junges, das sich mit gespreizten Armen und Beinen an den Bauch geklammert hielt. Die dünnen Flughäute des Jungen klebten so fest an dem noch warmen Körper der Mutter, den sie fast verdeckten, daß ich es nicht loslösen konnte. Es war fast neugeboren und nicht viel mehr als ein Skelett mit einem seltsamen Greisenkopf. Es kümmerte sich gar nicht um mich; sein ganzes Leben saß in seiner Schnauze, die fortfuhr, aus dem Euter der toten Mutter zu saugen. Das Junge selbst war nicht getroffen.

Wir wanderten weiter durch Gras und mannshohe Farne, bis wieder eine Lichtung kam.

„Die Steine unserer Väter!" rief Toko und zeigte geradeaus.

Und dann waren wir da.

Die Steine unserer Väter sind eine Ruine. Große, längliche Basaltblöcke liegen in einem länglichen Viereck lose übereinander und bilden einen Hof. Es war auch etwas da, das wie ein Tor aussah.

In einem kleinen Steinbassin, das tief im Schattten von Farnen fast ganz überwachsen dalag, war Wasser, das irgendwo aus dem Erdboden hervorsprudelte. Das Wasser war ganz frisch und in gleicher Höhe mit dem Steinrand. Es muß also eine Quelle sein.

Toko wußte nichts weiter, als daß diese Steine einst zur Verteidigung von „unseren Vätern" errichtet worden waren, einem großen und mächtigen Volk, das mit den anderen Inseln Krieg geführt und mit Kanus, die viel größer waren als unsere, zu fernen Inseln gefahren war, die niemand mehr kannte.

Viertes Kapitel

In der fremden Stadt

Es war weit nach Mittag geworden. Wir mußten uns nach Tongu umsehen.

Toko orientierte sich nach dem Stand der Sonne, blieb jeden Augenblick stehen und schnupperte wie ein Jagdhund.

„Wonach schnupperst du?" fragte ich.

„Der Mangrovesumpf!" antwortete er.

Nachdem er aber die Fährte gefunden hatte, schritt er sicher voran.

Bald sahen wir das Mangrovegehölz. Toko orientierte sich genau, bevor er weiterging.

Wir mußten wieder klettern und uns mit den Schlinggewächsen herumschlagen. Das Gras verschwand, und der Boden fing an sumpfig zu werden.

Wir balancierten auf halbverfaulten Stämmen vorwärts, die häufig unter unseren Füßen zusammenkrachten, so daß wir in den Zweigen hängen blieben und nicht loslassen durften, bevor wir von neuem festen Fuß fassen konnten.

Nur gut, dachte ich, während ich auf diese Weise wehrlos mit den Armen um einen Ast hing, den Büchsenriemen fest um den Leib geschnallt, um die Waffe nicht zu verlieren, daß es hier auf den Inseln weder Affen noch große Raubtiere gibt, von giftigen Schlangen gar nicht zu reden. Hier findet man nur die kleine Liguaganti, und sie ist unschädlich wie eine Schnecke.

Endlich erreichten wir den Wasserarm. Wir waren so dicht bei seiner Mündung, daß wir den Fjord sehen konnten, der ebenso dschungelbewachsen war wie der, in den wir vor einigen Stunden hineingerudert waren. Der Wasserarm schneidet also eine Ecke der Insel ab.

„Dies ist nicht derselbe Fluß wie vorhin," erklärte Toko, „es ist seine Tochter*)."

Toko gab das gewohnte Flötensignal, das wie die jodelnden Kehllaute der Nachtigall klingt, nur viel lauter.

Es dauerte eine Weile. Dann antwortete Tongu draußen von der Bucht. Und bald darauf sahen wir das Kanu von der Mündung des Wasserarmes auf uns zukommen.

---

*) Sein Nebenfluß

Nachdem wir eine Vespermahlzeit gehalten hatten, ruderten wir durch den Meerbusen hinaus, der ein großes Stück auf beiden Seiten von Dschungeln eingefaßt war.

Als wir schließlich das Binnenwasser erreichten, war es still und blank wie ein Spiegel. Auch die Brandung beim Riff hatte sich beruhigt. Es war nur noch ein hellschäumender Streifen zu sehen.

Ich nahm Tongu, der ununterbrochen seit dem Morgen gearbeitet hatte, das Ruder ab. Wir ruderten eine ganze Weile unter Stillschweigen. Tongu schlief ein, den Kopf zwischen seinen hochgezogenen Knien, und Toko dachte an die Luft und an sich selbst.

Ich fragte ihn mal, woran er dächte, wenn er so dasäße und mit halbgeschlossenen Augenlidern vor sich hinstarrte.

„An die Luft!" antwortete er; und als er mein Erstaunen über diese Antwort sah, fügte er hinzu: „An mich selbst und die Luft!"

Das Binnenwasser wurde breiter. Die Küste zog sich mehr zurück und wurde von einem Gehölz verdeckt, dessen Büsche ich nicht zu unterscheiden vermochte.

Tiefer im Lande ragten einige zerstreute Kokospalmengruppen über das Gehölz hinaus. Es mußte eine Stadt in der Nähe liegen.

Es dauerte auch nicht lange, bevor die Palmen ganz nah ans Ufer rückten. Dann kamen Pisangs in geordneten Reihen, ein kleiner Hain. Und dort leuchtete auch schon das erste gelbe Hüttendach durch die grünen Stämme.

Gleichzeitig wurde der Strand breiter.

Ein Kanu lag auf dem Sand, wodurch Tokos Gedankenleben geweckt wurde. Es war fast doppelt so groß wie unseres und hatte einen Mast, an dem eine viereckige Bastmatte als Segel hing. Von der Reling ging ein Deck von zusammengebundenen Bambusstäben bis zum Schwimmkiel.

„Ein Königskanu!" rief er und vergaß sein Ruder.

Solch Boot hat unser König auch. Dieses aber war größer und feiner, mit Schnitzereien am Vordersteven, und das Segel war mit Gelbwurz gefärbt, wie die Frauen es gebrauchen, wenn sie tanzen wollen.

Auch das Kanuhaus, das wir erreichten, war ansehnlicher als unseres, obgleich unseres doch sonst der Stolz der Stadt war.

Toko puffte Tongu aus dem Schlaf, damit er sich den Anblick nicht entgehen lassen solle.

Er rieb sich die Augen und starrte das fremde Gut lange schweigend an.

„Das ist Wattiwua!" sagte er schließlich. „Die Stadt ist reicher als unsere."

Toko murmelte so etwas wie „wiederkommen mit vielen Kanus und erobern"; Tongu aber, der klug und erfahren genug ist, um sich ehrfürchtig vor der Macht zu beugen, sagte: „Sie sind groß, und wir sind klein. Wir wollen sie besuchen. Reiche Leute sind gute Wirte."

Ich war sofort einverstanden.

Die Stadt, die jetzt hinter der Landzunge zum Vorschein kam, lag in einer kleinen, halbrunden Bucht. Die gutgedeckten Hütten auf den gemalten Balkenfüßen sahen freundlich aus. Die Sonne brannte. Wie einem Durstigen, wenn er eine Flasche sieht, so lief mir das Wasser im Munde zusammen beim Anblick des herrlichen Schattens unter den Palmen.

Die Einwohner hatten uns schon gesehen. Einige Männer und Frauen kamen an den Strand hinunter – die Männer in der Haltung, wie sie auf der Insel allgemein gebräuchlich ist: den linken Arm auf den Rücken gelegt und mit der Hand den herabhängenden rechten Arm umspannend; ich glaube, sie wollen dadurch eine aufrechte und würdige Haltung bewahren. Eine Horde Kinder lief vor ihnen her.

Nachdem sie uns eine Weile betrachtet hatten, begannen sie eifrig miteinander zu reden, während sie die Augen mit der Hand beschatteten und scharf nach uns ausspähten.

„Das ist deinetwegen!" sagte Tongu. „Sie haben von dem ‚Fremden' auf der Insel gehört."

Tongu nahm sein Ruder und schwang es über seinem Kopf. Da fingen sie an zu winken und uns zuzurufen.

„Willkommengruß!" sagte er befriedigt. Dann ruderten er und Toko drauf los, während Tokos junges Gesicht vor Erwartung zitterte und seine dicken Nasenflügel in unausgesetzter Bewegung waren.

Als wir mit unserem Kanu nicht weiterkommen konnten und im Begriff waren, auf den seichten Grund zu springen, kamen zwei der Männer auf uns zugelaufen, als sei ein Unglück geschehen.

Sie riefen etwas, was ich nicht verstehen konnte, und streckten mir die Arme abwehrend entgegen.

„Sie wollen den Fremden ans Land tragen!" sagte Tongu und lächelte befriedigt über die Ehre, die uns zuteil wurde.

Ich will nicht anders behandelt werden als die Eingeborenen, fühle mich in keiner Hinsicht besser als sie. Darum schlug ich die Ehrung aus und verwies die Männer auf Tongu.

„Nehmt ihn," sagte ich, „er ist älter und backenbärtiger als ich!"

Die Eingeborenen waren erstaunt, daß ich ihre Sprache reden konnte. Sie blickten einander einen Augenblick unschlüssig an und sahen dann zu Tongu hin. Tongu aber runzelte die Stirn und sagte, daß ich ihre Gastfreundschaft nicht kränken dürfe.

Da fügte ich mich. Der Größte nahm mich geschwind auf seinen Rücken. Der andere stand eine Weile und maß Tongus Würde mit seiner eigenen. Dann packte er resolut den Backenbärtigen und setzte ihn rittlings auf seine Lenden.

Es ging in langsamem Trab über den harten Boden, während Toko, unter Beihilfe von einigen anderen, die inzwischen hinzugekommen waren, das Kanu aus dem Wasser zog.

Als wir unter den Palmen Platz gefunden hatten, bildeten Männer und Frauen einen Kreis um uns und studierten gründlich mein helles Haar, meine hellen Augen und meine helle Haut, meinen Anzug, seine Knöpfe, und vor allem meine Büchse. Und nachdem der Willkommensbetel gekaut, Kokosmilch und Bananen gereicht worden waren, fragten sie alle durcheinander nach allen möglichen Dingen. Da ich nicht alle Fragen auf einmal beantworten konnte, wurde bald der eine, bald der andere ungeduldig und zog mich am Rock, um meine Aufmerksamkeit auf sich zu ziehen.

Ich mußte erzählen, woher ich sei, wie ich auf ihre Insel gekommen wäre, wo ich ihre Sprache gelernt hätte und so weiter. Die meisten meiner Erklärungen verstanden sie nicht, das konnte ich ihren Augen ansehen; aber sie sogen dennoch mit all ihren fünf nackten Sinnen so viel wie möglich von dem seltenen Erlebnis ein.

Tongu bevormundete mich auf seine stille, backenbärtige Art, verbesserte meine Sprache und fügte hinzu, was ich seiner Meinung nach vergaß oder nicht genügend hervorhob. Wenn er

Bärenführer auf einem Jahrmarkt und ich der Bär gewesen wäre, hätte er mich nicht besser verwalten können.

Inzwischen wurde ein Feuer für das Abendessen*) entfacht, und die Frauen liefen fort, um die Eßwaren zu holen.

Da erklang Gesang und munteres Geplauder hinter den Hütten. Es waren die jungen Männer und Frauen, die ganze unverheiratete Mannschaft des Dorfes, die von der Feldarbeit heimkehrte. Sie trugen paarweise Stangen zwischen sich, woran Bananenbüschel hingen. Andere hatten Körbe mit Yamswurzeln und Taro auf dem Kopf.

Als die Kinder sie kommen hörten, stürzten sie ihnen entgegen, um die große Neuigkeit von unserem Besuch zu verkünden. Die jungen Leute blieben stehen und blickten uns eine Weile mit offenen Mündern an. Dann kamen sie zwei und zwei heran, so schnell ihre Bürde es ihnen erlaubte.

Vor einem langen Haus, mit einem hohen, von allerhand geometrischen Figuren gemalten Giebel – es schien das Gemeinschaftshaus zu sein – war ein offener Platz, wie ein Markt. Hier luden sie in aller Eile Körbe und Stangen ab und kamen dann in vollem Lauf heran.

„Ich liebe dich!"**) rief ich ihnen entgegen.

Sie wurden so verblüfft, daß sie den Gegengruß ganz vergaßen. Dann aber verzog bald die eine, bald die andere der Frauen den Mund zum Lächeln. Und schließlich riefen sie alle durcheinander: „Ich liebe dich!" und kamen ganz nah ans Feuer heran und drängten sich um mich, soweit die anderen, die sich nicht wegschubsen lassen wollten, es ihnen erlaubten.

Einige der alten Backenbärte knurrten und einer griff sogar nach einem brennenden Holzscheit und drohte damit einem naseweisen Burschen. Schließlich aber hatten sich alle satt geglotzt.

Keiner kann so mit Leib und Seele glotzen, wie ein Eingeborener. Sein Mund steht offen. Er atmet fast nicht, während er mit Augen, Ohren, Mund und Nase alles in sich aufsaugt. So sieht es wenigstens aus. Ich bin überzeugt, daß sie

---

*) Brotfrüchte und Taro werden zwischen glühenden Steinen und Asche geröstet und zusammen mit geschabtem Bananenfleisch und geriebenen Kokoskernen gegessen.

**) Der gebräuchliche Gruß.

nie im Leben vergessen, was sie auf diese Weise in ihre dunklen, treuherzigen Augen hineingestarrt haben.

Da war besonders eine Kleine, mit den rundesten Schultern und der glänzendsten hellbraunen Seidenfarbe, die ich jemals gesehen hatte. Ihre Stirn wölbte sich unter dem dunklen, blanken Kraushaar, das ihr wie ein Lockenwald um die Ohren stand. Sie hatte sich ihren Kopf draußen im Felde voll von Blumen gesteckt. Um den Hals trug sie einen Kranz von kleinen gelben Koleusblumen, an dem sie unablässig nestelte, um zu fühlen, ob er noch da sei.

In Anschauung versunken hielt sie ihre Hand wie eine Schale unter ihrer runden Brust, die fest und straff seitwärts herausquoll.

Sie war nicht mehr als vierzehn Jahre, kaum entfaltet. Ihre spitzen, regelmäßigen Zähne, die sie jedesmal, wenn ich sie ansah, freigiebig zeigte, waren erst kürzlich gebräunt worden*).

Keiner kann einen so ansehen wie diese blutjungen, braunen Mädchen, die erst kürzlich im Gemeinschaftshaus Aufnahme gefunden.

Ihr Blick ist dreister, als eine europäische Frau, die keine Dirne ist, ihn je wagen würde, und dennoch seltsam keusch, rein und unschuldig. Er hat nichts zu verbergen, er erzählt ganz offen jede Neugierde, jeden Wunsch, jeden Trieb, der in ihrem Sinn entsteht. Da ist keine Leichtfertigkeit, kein Kichern, keine heimliche Lüsternheit. Stolz, im Rechtsgefühl ihrer natürlichen Triebe, nimmt und gibt sie ohne Vorbehalt und ohne Scham. Alles, was sie tut, das tut sie ganz.

Diese milden eingeborenen Frauen waren die Ursache, daß ich mir während einer ganzen Reihe von Jahren nichts Besseres wünschte, als mein Leben auf dieser Insel zu verbringen. Aber es kam anders.

Diese Frauen sind die Ursache, daß ich jetzt des Abends nicht über den Boulevard schlendern und in dem blendenden Licht das freche Spiel der zivilisierten Demimonde sehen kann, ohne so davon angewidert zu werden, daß ich ausspucken muß. Solchen Damen den Namen eines Tierweibchens zu geben, scheint mir noch zu ehrenvoll. Es sind Wesen, in denen der Mensch zuerst das Tier erniedrigt und in denen das erniedrigte Tier dar-

*) Das Zeichen der Jungfraueinweihung, siehe achtes Kapitel.

auf aus Verzweiflung den Menschen getötet hat. Sie haben den heiligen Keim der Natur besudelt. „An ihren Werken sollt ihr sie erkennen!" Darum sage ich: Pest über die Zivilisation, die solche Früchte getragen hat.

Ich mußte die Kleine auch unausgesetzt ansehen; und ich sah, wie es ihr durch alle Sinne ging, daß sie mir gefiel.

Ihr Mund öffnete sich über den Zähnen zu einem stillen Lächeln; und ihre Augen bekamen jenen Ausdruck, den ich so häufig bei den eingeborenen Frauen gesehen habe, daß ich glaube, es ist der ursprüngliche Ausdruck der Natur für den Hingebungsdrang des Weibes: gleichzeitig glänzend und verschleiert, fast ausdruckslos, wie eine reife, dunkle und dem Bersten nahe Traube.

Nachdem wir uns sattgegessen, nachdem die Sonne untergegangen und die Nacht den Tag fast ohne Übergang abgelöst hatte und ich nichts mehr von ihr sehen konnte als den Lichtreflex des Feuers in ihrem Auge, da erhob sie sich still von ihrem Platz. Kurz darauf fühlte ich sie an meiner Seite. Ich merkte ihre nackte, feste, warme Schulter an meinem Oberarm und den kräuterigen Duft ihres Kraushaares.

Die Eingeborenen hier wissen nichts vom Küssen. Sie würden erstaunt sein, sich vielleicht abgestoßen fühlen, wenn sie sähen, wie zwei Menschen ihre Eßwerkzeuge gegeneinander legen.

Wenn ein Mann eine Frau begehrt, wölbt er seine Hand um ihre Brust. Und wenn sie willig ist, legt sie ihre Hand um seinen Nacken.

Ich wußte wohl, daß es auf den Inseln nicht als guter Ton galt, in einer Stadt, in der man zu Gast ist, Liebe zu suchen, außer bei den „freudlosen Witwen"*). Ich wußte auch, daß es sich für ein Weib nicht geziemt, einem „Mann aus einer fremden Stadt" Liebe zu schenken. Aber ich konnte dennoch nicht widerstehen, da sie sich selbst so dicht an meine linke Seite gesetzt hatte.

Ich legte meinen Arm um ihren Hals und fühlte, wie ihre warme Brust sich bebend gegen meine Hand drückte. Einen Augenblick saßen wir so. Da fühlte ich, wie ihre rechte Hand langsam, noch zögernd, über meinen Rücken strich und sich langsam zu meinem Nacken hinaufbewegte.

*) Siehe 13. Kapitel.

Das Blut stieg mir zu Kopfe. Ich sah mich nach einer Gelegenheit zu entschlüpfen um.

Aber es war zu spät. Wir waren schon entdeckt. Ich war ja der Mittelpunkt der allgemeinen Aufmerksamkeit.

Die Jungen waren auf dem Wege zur gemeinsamen Ruhe in dem langen Hause, und dabei wurde sie vermißt. Es wurde nach ihr gerufen. Einmal, mehrere Male.

Ich merkte an ihrem Zittern, daß es ihr Name war.

Da kam ein junger Bursche, vielleicht ihr Bruder, zurück, beugte sich vor und starrte uns übers Feuer hinüber an, machte ihr darauf ein Zeichen zu und murmelte einige Worte.

Als das nichts half, puffte einer der Älteren sie von hinten in die Höhe. Obgleich er seine Stimme dämpfte, hörte ich doch, daß er sie ausschalt, weil sie bei dem Mann einer fremden Stadt „warm saß", einem Fremden, der noch dazu ein Lendentuch über den ganzen Körper trug.

Weder wollte ich das Gastrecht schänden noch wagte ich es. Mit einem tiefen Seufzer sah ich ihr nach, wie sie ohne ein Wort und ohne sich umzublicken davonging – um zwischen jungen Männern ihres eigenen Stammes zu ruhen.

Dann legte ich mich unter den Palmen zwischen Tongu und Toko nieder und schlief schließlich ein unter dem sternenbesäten Himmel, der nichts verspricht und alles hält.

Fünftes Kapitel
Ein Kawa-Rausch

Eines Morgens ging ich mit den Jungen zur Feldarbeit. Sie sollten zu den Tarofeldern, und Winawa war unter ihnen.

Ihr Blick ist ein hastiger Blitz, der wie ein Puls schlägt. Ihr Haar ist heller als das der anderen und zu kleinen dichten Locken gekraust, die in der Sonne glänzen. Ihre Schultern sind etwas zu breit, aber ihre runden und glatten Arme leuchten in der Armhöhle von feinen Daunen, und dann hat sie Grübchen an den Ellenbogen. Die Brüste sitzen weit auseinander, mit einer weichen und klopfenden Grube in der Mitte, die mit den Atemzügen ein und aus schlüpft und die Muschelkette zum Zittern bringt.

An Männern sind da Toko, der untersetzte Kadu mit den spöttischen Zähnen und der schlanke, schweigsame Fagoda mit dem langen, melancholischen Blick.

An Frauen sind da die neugierige Awa mit der kleinen festen Brust hoch über dem dicken Magen.

Dann ist da die stattliche Muwa mit dem langen schwarzen Kraushaar, das störrisch ist wie ihr Sinn und ihr wie ein Straußbürzel um die Ohren steht.

Dann ist da die kleine, festgebaute Sakalawa mit den starken Hüften und den hübsch gedrehten, hellen Mahagonibeinen. Sie ist derb und vergnügt und eine Lachtaube.

Und Milawa mit der niedrigen Stirn und den dicken, schmollenden Lippen, mit denen sie gewöhnlich ein schmatzendes Geräusch macht. Sie ist sehr beliebt, rundlich und einschmeichelnd und mit hübschen Schultern.

Und dann ist da die breitnasige Nanuki mit dem Blick, der einen nicht losläßt. Sie ist etwas schief im Rücken, zurückhaltend und leidenschaftlich.

Wir liegen in zwei Reihen auf den Knien und pflücken die frischen Blattschößlinge der Taropflanzen, damit die beiden Herzblätter, die sitzen bleiben, besser wachsen können. Dann lockern wir die Erde um die Knolle und rupfen das Unkraut aus.

Die Sonne brennt mir auf dem Rücken, so daß es durch meinen weißen Anzug sticht. Die Mädchen liegen auf den Knien und singen einen unverständlichen Singsang zu ihrer Arbeit, den sie gewiß selbst dichten.

In unserer Reihe ist Toko der Erste. Bei allem, was er sich vornimmt, arbeitet er wie ein Pferd. Das ist seine Natur.

Kuda ist gerade vor mir. Der Schweiß rinnt ihm in blanken Perlen an seiner Kaneelhaut herab und verschwindet unter dem roten Lendentuch.

In der Frauenreihe neben uns ist Muwa Nummer eins. Ich hab' es so eingerichtet, daß ich mit Winawa in einer Linie bin. Ihre blanken Arme leuchten in der Sonne, daß es einem fast in die Augen schneidet.

Die Frauen haben Blumen zwischen den Tarobüschen gepflanzt, als sie vor ein paar Monaten die Knollen legten. Das tun sie überall, wo sich ihnen Gelegenheit bietet.

Da sind hellrote Hibiscus und Kroton mit den bunten Blättern, die die Eingeborenen lieben, und dann die leuchtenden, sonnengelben Koleus, die sie zu Kränzen für ihren Hals flechten.

Schmetterlinge flattern aus jeder Blume auf, die wir berühren. Unaufhörlich müssen wir die Insekten verscheuchen, die uns um die Ohren summen. Und zarte Duftwogen ziehen durch die stille, sonnengesättigte Luft, Vanille und etwas Starkes, das wie Heliotrop duftet. Ich glaube, es kommt von einer Art Gardenien, die links neben uns blühen.

Es ist eine gesegnete Stunde, obgleich es glühend heiß ist. Die Mädchen arbeiten sich singend von Busch zu Busch vorwärts. Sie richten sich auf und spähen nach Blumen aus. Und wenn sie eine sehen, die ihnen gefällt – jede hat ihre Lieblingsblume – legen sie sich platt auf die Erde, bis sie sie erreichen und pflücken können. Zuerst beriechen sie sie mit Nase und Lippen, als wollten sie sie essen. Dann ins Haar damit.

Die Sonne liegt in schillernden Flaggen auf den schweißtriefenden Rücken, die wie hellbraunes Pferdefell aussehen, das kühl in der Luft glitzert.

Kuda kaut Betel und spuckt seitwärts in langen, dunkelroten Streifen, die sich wie Regenwürmer in die weiße, aufgepflügte Erde eingraben.

Ich kann das Brennen auf meinem Rücken nicht mehr aushalten. Darum ziehe ich meinen Rock aus und bin bis zum Gürtel entblößt wie die anderen.

„Seht den Roten!" sagt Sakalawa. So nennen die Mädchen mich meines Haares, das ins Rötliche spielt, und meiner glühenden Backen wegen. Bei den Männern heiße ich der Weiße, wie alle Europäer.

Der Singsang hört auf. Die Mädchen drehen sich auf den Knien um und glotzen mit großen, neugierig verblüfften Augen.

„Glaubt ihr denn, daß nur mein Gesicht rot sei?" frage ich und mache Front.

„Ai – Ai!"

Eine nach der anderen hüpft in die Höhe, wie Elstern, und sie kommen näher, um mich von vorn und von hinten zu besehen. Meine Haut ist natürlich von Schweiß und Hitze rotgefleckt.

Kuda wendet sich zu mir um und lacht offenkundig mit seinen spöttischen Zähnen.

„Schweinerücken!" sagt er und schnalzt mit der Zunge, als solle er zum Festschmaus.

Toko, der sich in meinem Namen gekränkt fühlt, versichert, daß der, der einen roten Körper hat, ein reicher Mann sei, der viele Frauen verdiene.

Die neugierige Awa, die mir so nahe ist, daß ihr dickes Bein meinen Ellenbogen streift, kann nicht länger an sich halten. Sie berührt meine Rückenhaut mit zwei vorsichtigen Fingern.

„Ai – Ai!"

Dann streicht sie leicht mit der ganzen Handfläche darüber hin, geht einen Schritt zurück und greift sich verblüfft an ihre kleine, hohe Brust. Sie weiß nicht recht, ob ein rotgefleckter Rücken schön oder unangenehm ist.

Milawa aber, die überzeugt scheint, daß er schön ist, schnalzt mit ihren schmollenden Lippen und fühlt mit ihrer runden Schulter zwischen meine Schulterblätter, während sie ihre Hände auf dem Rücken verwahrt.

Nanukis dunkle Augen sind auch wie festgebannt, während sie unbeweglich, wie festgewachsen, auf ihren hohen Knöcheln steht.

Nur Winawa, von der ich gern befühlt werden möchte, bleibt, wo sie ist. Sie blickt verstohlen mit ihren hastigen Augenblitzen zu mir hin, während ihre Lippen geöffnet sind und die Grube zwischen den Brüsten hastig auf und nieder wogt.

„Komm auch und fühl!" sage ich und strecke die Arme nach ihr aus.

Sie reißt Blätter vom nächstliegenden Tarobusch, wirft sie nach mir und legt den Kopf in den Nacken, wie ein mutwilliges Füllen. Das ist ein gutes Zeichen.

Alles, was sie tut, kleidet sie. Sie hat Liebreiz in jeder Fingerspitze. Allein die Art, wie sie die Hände auf ihren Knien spreizt und sich etwas vorbeugt, wenn sie lauscht. Aber wenn ich mich ihr mit den Lippen nähern wollte, um sie zu küssen, so würde sie glauben, daß ich sie fressen wollte, und würde anfangen zu schreien.

„Haben die Frauen bei dir auch einen roten Rücken?" fragt sie.

„Nein, einen schimmernd weißen."

„Haben sie auch einen Rock über den ganzen Körper, wie du ein Lendentuch?" fragt Awa.

„Sie sind bis ans Kinn zugedeckt und tragen eine Matte, die stramm von der Brust bis zum Leib geht."

„Kann man ihre Brüste nicht sehen?" fragt Milawa erstaunt.
„Nein, für gewöhnlich nicht."
„Woher weiß man dann, ob ein Mädchen hübsch ist?"
„Das weiß man auch nicht, und häufig wird man angeführt."
Milawa prustet ärgerlich im Namen ihres Geschlechtes: wie Frauen sich nur so unanständig kleiden können!
„Wie können sie dann aber die Brust geben?" fragt Sakalawa, die eine Weile nachgedacht hat, während sie ihre kleinen hohen Brüste mit beiden Händen umspannt.
„Dazu gebrauchen sie ihre Brust auch nicht gern. Sie geben den Kindern lieber Milch aus einem Kürbis*)."
„Woher bekommen sie denn die Milch?"
„Von großen, roten Tieren."
Sie sitzen mit von sich gestreckten Handflächen und mit großen Augen da.
Dann fangen sie plötzlich alle wie auf Verabredung an zu lachen. Selbst die stattliche Muwa klatscht ihre flachen Hände auf ihre dicken Schenkel.
Sie glauben, daß ich ihnen etwas vorlüge.
„Sind deine Beine auch rot?" fragte Sakalawa, die wieder nachgedacht hat.
„Freilich."
„Zeig sie uns!" sagt Milawa und beugt sich vor.
Ich streife meine Beinkleider so weit wie möglich über meine Knie hinauf.
„Ai – Ai!"
Milawa rückt unwillkürlich ein Stück zurück, obgleich sie ihre Augen nicht von dem merkwürdigen Anblick losreißen kann.
Winawas Augen springen hervor und sind voller Licht.
Dann sagt Fagoda, der Schweigsame, mit dem melancholischen Blick – er hat auch dagesessen und nachgedacht: „Kommt, laßt uns ruhen und träumen."
Das ist das erlösende Wort. Alle springen auf und schütteln die Erde von sich ab. Arbeitspause. Toko springt voran zu einigen Pflanzen, die in einer Gruppe für sich stehen. Es ist Kawa-Kawa. Er zieht die Wurzel heraus, reinigt sie und verteilt sie in kleinen Stücken unter die Mädchen.
„Laß mich!" rufen sie durcheinander, während sie sich um mich drängen. Ich hatte mich auf meinem Rock in den Schatten

*) Eine Flasche; eine andere Bezeichnung kennen sie nicht.

gelegt. Sie puffen sich gegenseitig fort, um anzukommen, sperren den Mund mit den Fingern auf, um zu zeigen, daß ihre Zähne heil und rein und ihr Gaumen gesund und ohne Schnupfen oder Schwellung ist. Nur Winawa hält sich zurück, obgleich ich ihren hervortretenden Augen ansehen kann, daß sie mit der ganzen Seele dabei ist.

„Du sollst für mich kauen!" sage ich, und sie fängt gleich an.

Auch Kuda, Toko und Fagoda wählen sich jeder ein Kauweib. Die Übrigbleibenden werfen sich mißvergnügt auf den Rücken, verschränken die Hände unterm Kopf und fangen an, für sich selbst zu kauen.

Von der Frau, die ein Mann wählt, um den Kawa für sich zu kauen, möchte er während des Rausches am liebsten träumen; und das Kauen bewirkt, daß er gerade von ihr träumt. Tut er es nicht, dann hat sie während des Kauens an einen anderen gedacht; und das ist eine Kränkung, denn sie hätte es ablehnen können.

Winawa ist fertig. Mit verschleiertem Blick und befangenem Liebreiz reicht sie mir eine Kokosschale, in die sie den Kawasaft ausgespuckt hat, gießt Kokosmilch aus einer frischen Nuß, die sie gepflückt hat, hinzu und nimmt mit standhaft niedergeschlagenen Augen etwas von mir entfernt Platz.

Ich gieße den Trank mit einem raschen Entschluß hinunter. Es ist das erstemal, daß ich ihn koste. Aber es geschieht ihretwegen, von der ich gern mehr als nur träumen will. Er schmeckt wie Seifenwasser mit Zucker.

Wir liegen auf dem Rücken, die Hände unterm Kopf, mit hochgezogenen Knien. Da sehe ich, wie einer nach dem anderen sich mit geschlossenen Augen und einem seltsam satten Lächeln auf die Seite wälzt.

Da beginnt Winawa, die ich die ganze Zeit von meinem Platz aus sehen kann, sich von der Erde zu heben und hin und her zu wogen. Sie wird schlanker und heller und verdichtet sich dann wieder und sinkt in ihren Schoß zusammen, dunkel und verlockend rundlich. Sie lächelt und winkt mir mit ausgestreckten Händen und hebt mich, trägt mich mit ihrem leuchtenden Blick in ihre Arme, während sich alles mit mir in einem seligen Tanz dreht. Ihre vollen, glatten Arme pressen meinen Hals. Wunderbare Vögel singen. Schatten senken sich kühl und weich über mein Gesicht und sind voller Wohlgeruch. Ich sinke zusammen und weiß nichts mehr.

Bis ich mit Übelkeit erwache, todmüde in allen Gliedern und mit Stechen im Hinterkopf.

Der Schatten reicht schon bis an die Tarobüsche. Es müssen ein paar Stunden vergangen sein.

Die anderen sind schon bei der Feldarbeit. Nur die zärtliche Milawa, die sich eine Extradosis zu Gemüte geführt haben mag, schläft noch.

Die anderen richten sich auf und lachen mich aus, als ich schwankend zu meinem Arbeitsplatz komme.

Winawa aber arbeitet ruhig weiter und sieht mich nicht an.

Nachdem wir nach Hause gekommen sind, unser Abendessen verzehrt haben und die Flammen des Lagerfeuers tot über dunkle Aschenglut lecken, erheben die Jungen sich, um sich im Gemeinschaftshaus, das uns seinen Giebel zuwendet, zur Ruhe zu begeben.

Toko und Kadu und Fagoda suchen sich jeder ihr Mädchen, – das, das für sie gekaut hat.

Winawa hockt für sich allein, als warte sie, während die anderen neugierig und bedenklich von ihr zu mir blicken.

Ich setze mich neben sie und lege meine Hand um ihre Brust, wie ich es für mein gutes Recht halte.

Es geht ein Zucken durch ihren Körper; aber sie rührt sich nicht, noch erwidert sie meine Liebkosung.

Da kommt einer, den sie den „großen Jäger" nennen, stellt sich vor sie hin und starrt sie an.

Als ich aufstehe, um sie ins Gemeinschaftshaus zu geleiten, versperrt er mir den Weg, faßt Winawa am Arm und pufft sie vor sich her.

Ich will mich nicht so ohne weiteres verdrängen lassen und springe vor; im selben Augenblick aber scharen die jungen Männer sich um die Tür und sehen mich drohend an.

Toko kommt hastig hinzu, berührt meinen Arm und sagt ernst: „Kein Fremder darf im Gemeinschaftshaus schlafen."

Ich ging enttäuscht nach Hause zu Tongu und wütete über diesen „Gesellschaftszwang", der mich nun schon zum zweitenmal des Weibes beraubte, das mir gefiel und das mich selbst erwählt hatte.

Sechstes Kapitel

Der Festtanz

Tongu, Toko und ich waren in einer dunklen Nacht mit dem Kanu draußen, um fliegende Fische zu fangen. Das ist die Lieblingsspeise des Königs. Ich hatte beschlossen, ihm eine königliche Abgabe zu zahlen; ich verfolgte damit einen besonderen Zweck.

Während Tongu ruderte, schwangen Toko und ich unsere Kokosfackeln, die an lange Bambusstangen gebunden waren, durch die Luft, so daß der Lichtschein über dem dunklen Wasser hüpfte und tanzte.

Der fliegende Fisch steigt mit stieren Augen dem Lichtschein nach an die Oberfläche. Er hebt sich auf seinen nassen Finnenflügeln, die im Lichte wie Silber glitzern, und rennt geradeswegs in die rauschende, rote Flamme.

Wir sind mit unseren Speeren über sie. Wir stechen sie in der Luft wie Aale, den einen nach dem anderen, so schnell wie wir können. Wir verfehlen nicht einen, aber es sind viel mehr da, als wir nehmen können.

Am Morgen durchstöberte ich meine Schiffskiste von neuem. Ich wählte einen alten Regenschirm und einen Strohhut für Seine Majestät.

Ich zerbrach mir lange den Kopf, um etwas Passendes für den kritischen Wahuja zu finden, der das Ohr des Königs hat und den ich deshalb gebrauchen mußte.

Schließlich fand ich eine Brille aus meiner Jawazeit; sie hatte meinem Onkel gehört. Ich erinnerte mich, daß Wahuja kurzsichtig war; dem „weißen Langohr" die Augen seiner Jugend zurückzugeben, das wollte nicht wenig besagen.

Wir fanden uns am Nachmittage beim Könige ein, alle drei. Toko trug die Steuer in Tongus großem Bastkorb und ich die Geschenke.

Wahuja sah uns, bevor irgendein anderer auf uns aufmerksam wurde. Instinkt. Vielleicht war uns auch das Gerücht von unserem nächtlichen Fang vorausgeeilt.

Er kam von der Veranda herabgeschlichen, ging uns entgegen und zog uns mit sich in den Schatten unter den Pisangbäumen, so daß man uns von oben nicht sehen konnte.

Ich grüßte ihn eingeboren und erzählte ihm von meinem Vorhaben: Königsabgabe.

Er schielte auf den Korb herab und kaute kritisch mit den Kiefern.

Da zog ich die Brille hervor. Ob ich mir erlauben dürfe, ihm die Augen seiner Jugend zurückzugeben. Ich setzte sie auf, um ihm den Gebrauch zu zeigen. Er nahm sie vorsichtig, beschnüffelte sie und fuhr zurück, als er das Glas berührte.

„Das ist hart gewordenes Wasser!" sagte ich, um ihm eine Erklärung zu geben.

Er zitterte vor Erregung, als er sie auf die Nase und hinter die Ohren klemmte. Toko und Tongu fühlten sich auch nicht recht wohl bei der Sache; sie zogen sich etwas zurück.

Er guckte mit offenem Mund in die Luft und konnte nichts sehen.

„Nebel!" sagte er und rümpfte mißbilligend die Nase.

Da hielt ich meine Hand vor seine Augen. Er schrak zurück, als er richtig sehen konnte. Und plötzlich verzog er den alten Mund bis an seine beiden behaarten Ohren.

Er machte den Versuch mit einem Pisangblatt, das ihm gerade vor der Nase hing. Derselbe wunderbare Erfolg. Er starrte Tongus Backenbart an. Es war erstaunlich.

„Zauberei!" murmelte er mit feierlicher Miene und löste die Brille ab, wendete sie nach allen Seiten und befühlte das Glas mit ängstlichen Fingern.

Dann wandte er mir sein rechtes Ohr zu, wie er zu tun pflegt, wenn er Audienz gibt.

„Was wünschst du von mir, weißer Mann?" sagte er kläglich und war wieder der durchtriebene Diplomat.

„Mächtiger und weiser Wahuja, du, der du das Ohr des großen Königs hast!" begann ich nach einem Rezept, das Tongu mir gegeben hatte.

„Willst du ein Weib haben?" unterbrach er mich ungeduldig.

Ich vergaß die Vorschrift und erzählte ganz einfach, daß ich ein junger Mann sei ebenso wie die anderen Unverheirateten. Und wie konnte ich mir eine Frau von dem berühmten Stamm der Mahuras kaufen, wenn ich mich nicht wie die anderen erst vorfühlen durfte? Kurz gesagt: ich wollte ebenso wie die anderen im Gemeinschaftshause schlafen. Und da ich jetzt eine ansehnliche Königsabgabe bezahlte, so müsse er – oh, Wahuja! – mir den Gefallen tun, des Königs Antlitz für mich zu erhellen und sein Herz zu meinen Gunsten zu erweitern, damit ich, der ich auf dieser glücklichen Insel leben und sterben wollte, mit meinem Nacken unter dem Fuße des großen Königs, dasselbe Recht genießen konnte wie der geringste Mann der Stadt.

Wahuja begann wieder mit seinen Kiefern zu kauen. Er kratzte sich hinter seinen behaarten Ohren, zog alles, was er in seinen großen, geblähten Nasenlöchern finden konnte, heraus und schmatzte mit seinen schmalen, bläulichen Lippen. Sein ganzer Gedankenapparat war bei dieser Sache in Tätigkeit.

Tongu erlaubte sich die ehrerbietige Bemerkung, daß seine Hühner und seine Kokosnüsse Wahuja gehörten und daß sein Haus erbaut sei, damit Wahuja es niederreißen könne, wenn es ihm behagte.

Wahuja winkte ihm ärgerlich ab. Dann begann er zu mir zu sprechen, indem er mit seinen steifen Fingern meinen Anzug betastete.

„Weißer Mann," sagte er vorwurfsvoll, „weshalb verbirgst du deine Haut mit einem Lendentuch über den ganzen Körper?"

„Das tun alle weißen Männer."

„Du willst wie einer der Unseren sein und deckst dich zu wie die Schildkröte oder der fliegende Hund. Mußt du die Bürde der Schildkröte tragen? Mußt du deine Nahrung in den Luftbäumen holen wie der fliegende Hund?"

Ich schwieg beschämt.

„Kein anständiger Mahuramann verbirgt seine Haut."

„Dann werde auch ich meine Decke ablegen, o weißer Wahuja!"

Der alte Diplomat hatte eine so entgegenkommende Antwort nicht erwartet. Sie kam ihm etwas ungelegen.

„Man sagt, daß du rot und kalt auf dem Rücken bist, wie ein Schwein", sagte er kläglich, nach einem Augenblick des Nachdenkens.

Ich erlaubte mir die bescheidene Bemerkung, daß ich so geboren sei, und hätte ein anständiger Mann nicht das Recht, stolz auf seine Haut zu sein?

Wahuja war taub gegen alle Konsequenz in meinen Erwiderungen.

„Kein anständiger Mahuramann", höhnte er, „ist rot auf dem Körper. Eine rote Menschenhaut kann nichts Gutes bringen."

Als er sah, daß ich die Geduld verlor, dachte er an die Brille und fügte fast flüsternd hinzu: „Aber was dein Vater und deine Mutter*) dir verweigert haben, kannst du ja von der Erde nehmen."

Ich begriff nicht. Tongu aber war gleich bei der Hand.

„Ich werde dich mit der braunen Erde**) malen," sagte er froh, „du sollst schön werden wie ein König."

Wahuja wandte uns den Rücken. Er hatte gesprochen und wollte von nichts mehr wissen.

Das war ein mageres Resultat. Nein, ich wollte mich wahrhaftig nicht zum Gespött für mich selbst und die ganze braune Stadt malen lassen!

Als der König kurz darauf unsere Herrlichkeiten sah, wurde er wild vor Begeisterung. Er setzte den Strohhut auf den Kopf und spannte den Regenschirm auf, wie ich es ihn lehrte, und hielt ihn während der ganzen Audienz als Schmuck über den Hut. Der Hof gab seinen Beifall laut zu erkennen. Frauen und Kinder in der Türöffnung murmelten mit großen Augen ihr Ai – Ai.

Der König teilte uns mit (wir wußten es, deshalb hatten wir gerade diesen Tag gewählt), daß am Abend ein Festtanz zu Ehren des neuen Bambuszaunes um seinen Kokoshain, der glücklich fertig geworden war, stattfinden sollte, und lud uns alle drei dazu ein.

Wir bekamen Betel und Kokos, und als wir fertig waren, sahen wir Wahuja mit der Brille herangeschlichen kommen, um mit dem König, der mit Strohhut und Regenschirm dasaß und nur mit halbem Ohr zuhörte, Staatsrat zu halten.

Während wir umherschlenderten und auf das Fest warteten, sahen wir die Tänzerinnen, die Arme voll frischer Blumen und mit allem Schmuck, den sie besaßen, aus der Stadt kommen.

Wir begrüßten Winawa, die mich noch in ihrem Herzen trägt und ihre Augenblitze mit den Lidern verbirgt, wenn ich sie ansehe, und die anderen Mädchen von dem Kawaausflug.

Wir folgten ihnen in einigem Abstand und sahen sie hinter dem Königshause verschwinden.

Dort saß die erste Königin auf der Erde und leitete die Toilettenvorbereitungen.

---

*) Geburt.

**) Eine Art Eisenocker, den die Eingeborenen „braune Erde" nennen.

Vor sich hatte sie Kokosschalen mit Farbe. Gelbwurz und Ockererde und anderes, das ich nicht kenne.

Die Mädchen behingen sich mit Hals- und Armketten, steckten Blumen in Haar und Ohren, wendeten und drehten sich voneinander, ordneten hier und nestelten da, plauderten und zankten, schrien auf oder schlugen sich auf die Schenkel vor Ausgelassenheit.

Eine nach der anderen wurde von der Königin vorgenommen, die sie beim Namen rief.

Sie malte sie auf Rücken, Brust und Hals mit sicherer Hand, je nach Stand, Schönheit und Persönlichkeit, während die Mädchen auf die Bewegungen des Kokospinsels herabschielten und die Zähne zeigten oder maulten, je nachdem ihre Wertschätzung ausfiel.

Es kam vor, daß eine oder die andere ganz unehrbietig schimpfte und mit den Füßen trampelte; die Königin aber ließ sich nicht davon beirren. Wer fertig war, bekam einen Puff in den Rücken. Die Nächste vor.

Ich sah, wie eine sich hinter dem Rücken der Königin die noch nasse Farbe von der Brust abwischte, verschmitzt wie ein Schulmädchen, während eine Freundin sie ihr auf dem Rücken zu einem strahlenden Muster ausrieb.

Mit Milawa, der Einschmeichelnden, die ich für so sanft gehalten hatte, gab es eine wahre Szene. Sie offenbarte sich als eine eitle Person, die nach „Sonne" verlangte. Sie wollte eine Flammensonne auf jeder Brust haben.

Da verlor die Königin die Geduld, sie richtete sich auf den Händen auf und gab Milawa einen Fußtritt auf ihr fleischiges Hinterteil, daß sie taumelte.

Allgemeines Gelächter, während Milawa sich ins Gras warf, schreiend und vor Wut mit den Beinen strampelnd.

Wir standen hinter dem neuen Bambuszaun, der Veranlassung des Festes, und beobachteten das Ganze durch die Stäbe. Als die Königin sich erhob und ihr Werk überblickte, machten wir uns rechtzeitig aus dem Staube.

Nachdem die geladenen, backenbärtigen Bürger, Frauen und Männer sich versammelt und in einem Rundkreis auf dem Tamman*) Platz genommen hatten, die Musikanten des

*) Tanzplatz.

Königs mit ihren Aiwatrommeln in der Mitte, kamen die Mädchen hinterm Königshause in einer strahlenden Reihe zum Vorschein, paarweise, jede mit einem Blumenbüschel in der hocherhobenen rechten Hand.

Sie wurden mit Ai – Airufen begrüßt, während die Mütter hinter ihren Töchtern herblickten und sich vor Selbstgefühl höher aufrichteten. Und dann ging es los: Die Mädchen bildeten zwei ineinanderliegende Kreise, mitten auf dem Platz. Sie hockten nieder und fingen plötzlich alle an, wie auf Kommando, den Oberkörper in den Hüften zu drehen, während sie die Blumenbüschel in die Luft schwangen.

Indem die Trommeln drauflosklapperten, sangen sie, zu Anfang langsam und eintönig, folgenden Gesang:

Wir sind die kleinen Papageien!
Seht den grünen Papagei!
Seht mein Haar!
Seht meine Augen!
Hört mein munteres Geschrei!
Seht den grünen Papagei!
Wir sind die kleinen Papageien!
Von Mahura – von Mahura!

Wieder und wieder sangen sie dasselbe inhaltlose Lied; aber bei jedem Mal klang der Gesang und die kleinen unermüdlichen Trommeln, die Stundengläsern glichen, schneller; und im sichersten Takt hüpften die Mädchen nun auf ihren Knien und bewegten sich in dieser Stellung im Kreise herum, die eine Kette in der entgegengesetzten Richtung wie die andere.

Plötzlich sprangen sie mit einem Schrei auf, sprangen vorwärts und rückwärts, warfen die starken, runden Beine unter den frischen, reinen Baströcken seitwärts in die Höhe, streckten die Arme in die Luft, so daß die Blumenbüschel wie Federbüsche über ihr Haar herabfielen, während sie den Kopf hin und her bewegten. Ein Wirrwarr von Armen und Beinen, die man nicht mehr einzeln unterscheiden konnte.

Es wirbelte vor meinen Augen, so daß mir ganz schwindlig dabei wurde. Die Eingeborenen waren entzückt, hingerissen. Jetzt sangen alle mit; alte Frauen wiegten sich in ihren steifen Hüften, so daß ihre flachen, ausgezehrten Brüste ihnen auf den Magen klatschten. Alte, gichtschwache Männer mit Knoten an Hand- und Fußgelenken wackelten mit den Köpfen und quakten die Melodie mit. Alle bewegten Arme und Beine im Takt mit der Musik, obgleich sie auf der Erde hockten, während ihnen die Augen aus dem Kopf traten und die Brust vor Erregung wogte.

Sogar der König mit Strohhut und Regenschirm schwang seine neuen Herrlichkeiten im Takt und war selig.

Tongu und Toko waren schon längst mit fortgerissen wie die anderen. Da begann auch ich. Es überwältigte mich gegen meinen Willen. Das Blut klopfte in meinem Halse, mein Atem ging kurz und hastig; meine Beine kribbelten und bebten unter mir.

Zuletzt war ich meiner ebensowenig bewußt wie die anderen.

Da auf einmal: ein lauter, einstimmiger Schrei aus sämtlichen starken Frauenkehlen, – einstimmig und fest, trotz seiner Wildheit. Er ging mir durch Mark und Bein. Ich kann ihn noch heute hören.

Der Schrei endete in einem klagenden, langgezogenen Geheul, wie von hungrigen, furchtsamen Hunden.

Es wirkte wie eine Erlösung. Als ich wieder Luft bekam und meine Augen von neuem sehen konnten, lagen die Mädchen in einem wogenden Haufen durcheinander, todmüde und stöhnend, während ihren krampfhafte Zuckungen durch den Körper jagten, bis schließlich Schlaffheit folgte. Ein Haufe toter Dinge.

Jetzt eilten die unverheirateten Männer herbei. Jeder suchte das Mädchen, das zurzeit ihm gehörte. Nur einzelne, zwischen denen ich zu meiner großen Freude Winawa sah, blieben allein zurück und mußten sich selbst helfen.

In meiner erhitzten Gemütsverfassung hätte ich fast einen Skandal heraufbeschworen, indem ich aufspringen und mich ihrer bemächtigen wollte.

Ich bezwang mich; als ich mich aber mit Tongu und den übrigen Backenbärtigen erhob und sah, wie jeder der Unverheirateten sein Mädchen an den Strand führte, wie er ihr beim Ausziehen des Rockes behilflich war, sie von den zuerdrückten Blumen und Schmucksachen befreite und ihre todmüden, schweißtriefenden Glieder, so nackt, wie vor der Zeit des Sündenfalles, badete, ohne einen anderen Gedanken, als ihr wieder zu Kräften zu verhelfen, – als ich sah, wie Winawa dies alles ganz allein tun mußte, da gelobte ich mir, daß ich Wahujas Bedingungen annehmen und so nackt und braun wie ein jeder anständige Mahuramann werden wollte.

Siebentes Kapitel

Freie Liebe

Ich bin Bürger der Stadt des Mahurastammes geworden. Ich bezahle die Königsabgabe, nehme teil an der Arbeit. der Unverheirateten und schlafe im Gemeinschaftshause. Winawa braucht mir nichts mehr zu verweigern, seitdem ich kaneelbraun bin und ein hübsches rotes Lendentuch trage, das Tongu mir mit viel Sorgfalt gewebt hat.

Tongu hält streng darauf, daß mir keine der Vorteile und Rechte, die jedem jungen Mahuramann aus guter Familie zukommen, verweigert werden.

Manch einer der jungen Leute betrachtet den Fremden mit Mißgunst, versucht meine Haut, die bei starkem Regen nicht standhält und ab und zu erneuert werden muß, ins Lächerliche zu ziehen. Sie wollen gern Cliquen gegen mich bilden; die Frauen aber halten zu mir und beschützen mich eifrig. Und Toko ist wie immer mein geschworener Freund, der mir überall bei der Arbeit auf den Hacken folgt und seine Schlafmatte immer möglichst in meiner Nähe anbringt, was nicht gerade sehr angenehm ist, weil er eine sehr leidenschaftliche Natur ist.

Im Gemeinschaftshaus gibt es keine festen Plätze. Jeder hat seine Matte; und wenn es dunkel wird, sucht man sich einen Schlafplatz auf dem großen, finsteren Bambusboden.

An den beiden Längsseiten des Hauses reicht die Wand nicht ganz bis zum Dach hinauf. Es befindet sich dort eine Öffnung von ungefähr einem Meter Höhe. Der Rand des steilen Daches aber tritt so weit über die Öffnung, daß er einen sicheren Schutz gegen Regen und Sturm gewährt. Wenn diese Spalten an beiden Seiten nicht wären, würden wir vor Hitze erstickt werden. Es ist auch so schon schlimm genug.

Es gibt immer ein Drängen und Lärmen an der Tür, bevor wir zur Ruhe kommen. Es gilt nämlich, sich den besten Schlafplatz zu erobern, wo man nicht Gefahr läuft, im Dunkeln getreten zu werden, wenn einer bei Nacht zur Wandöffnung tappt, um ein kleines Geschäft zu verrichten, oder zur Tür hinaus, im großen Namen der Natur.

Ich halte mich am liebsten in der Nähe der Tür auf, dicht an der Wand; die anderen aber machen sich gegenseitig die Eckplätze bei den Giebeln streitig, wo es am wärmsten ist.

Es ist erstaunlich, wie leicht sich alles mit den Mädchen ordnet. Noch habe ich keine Schlägerei oder lautes Gezänk ihretwegen erlebt, Frauen und Männer finden sich still und ohne Anstoß zusammen, ganz von selbst.

Es wird nicht so häufig gewechselt, wie man glauben sollte. In der Regel entscheidet sich die Sache gleich nach dem Eintritt der Frau ins Gemeinschaftshaus, nachdem ihre Jungfrautaufe stattgefunden hat. Einige von den jungen Leuten, die ihrem Jahrgang am nächsten stehen und die zurzeit ledig sind und sie begehrenswert finden, umschwirren sie bereits vor der Abendmahlzeit am Feuer wie Bienen. Sie sieht sich die Schar an, von der Aufmerksamkeit, die ihr erwiesen wird, befriedigt und geschmeichelt, und wählt sich schnell einen, an dessen Seite sie am Feuer Platz nimmt. Damit ist die Sache entschieden; die anderen ziehen sich loyal zurück und versehen sich anderweitig.

Dann schläft sie bis auf weiteres auf der erwählten Matte. Führt das Zusammenleben zu starker Verliebheit und fürchtet er sie zu verlieren, – wenn z.B. Gefahr ist, daß einer, der eine bessere Partie ist, ihn aus dem Felde zu schlagen versucht, dann beeilt er sich, sie vom Vater zu kaufen, das heißt, er heiratet sie. Und dann lebewohl Gemeinschaftshaus, wo gleiches Recht für alle gilt.

Es kommt aber auch vor, daß der eine oder der andere Teil die Erwartungen nicht erfüllt, die man sich gemacht hat. Oder das Mädchen entdeckt, daß er den Preis nicht bezahlen kann oder will, auf den sie der Ehre der Familie und ihres Totems*) wegen bestehen muß. Dann sucht sich ein anständiges Mädchen, das weiß, was sie sich schuldig ist, einen anderen. Das geschieht geschwind und friedlich auf die Weise, daß sie eines Abends bei der gemeinsamen Mahlzeit ihrem Liebsten den Rücken kehrt und neben demjenigen Platz nimmt, den sie als seinen Nachfolger ausersehen hat, entweder aus Augenlust oder mit Hinblick auf seinen Totem und seine Vermögensverhältnisse.

Wenn nun dieser Neue will wie sie, so bleibt er sitzen und findet schnell Gelegenheit, ihre Brust zu berühren. Wenn er nicht

*) Die Eingeborenen teilen sich nach gewissen, noch unbekannten Regeln in Geschlechtsgruppen, die alle ihr Abzeichen (Totem), z.B. einen Vogel, haben. Personen aus demselben Totem dürfen keine Ehe miteinander eingehen.

will, steht er auf und sucht sich einen anderen Platz. Sie bekommt vielleicht ein etwas langes Gesicht, murrt und rupft ärgerlich das Gras. Das ist alles. Sie findet bald einen anderen, wenn der Verschmähte ihr nicht auf die eine oder andere Weise Schwierigkeiten in den Weg legt, was als unfein angesehen wird und einen boshaften Charakter verrät.

So geht es zu zwischen besseren und anständigen jungen Leuten, die etwas auf sich halten. Es kommt aber natürlich auch vor, daß ein Mädchen an ihrer ersten Wahl festhält, ohne Rücksicht darauf, ob er imstande ist, sie zu kaufen. Wenn er dann nicht klüger ist als sie und wechselt, um sich eine Frau zu verschaffen, die er mit den ihm zu Gebote stehenden Mitteln kaufen kann, dann ist damit unzweifelhaft ein illegitimes Verhältnis geschaffen, das schlimme Folgen haben kann.

Eine Zeitlang geht es; eines Tages aber wird ihr Vater ungeduldig und gibt ihr zu verstehen, daß er nicht länger auf das Kapital warten will, das sie repräsentiert; sie muß ihre Wahl treffen.

Der arme Freier meldet sich, um wenigstens den Versuch zu machen, wird aber natürlich mit seinem Schandgebot vor die Tür geworfen, indem er ausdrücklich den Preis zu wissen bekommt.

Eine jede anständige Mahurafrau fügt sich nun und tut ihre Pflicht. Sie entläßt den armen Burschen mit dem, was er bekommen hat und was niemand ihm nehmen kann, und wählt das nächste Mal nur mit dem Verstand, wobei Vater und Mutter ihr vielleicht ein wenig behilflich sind.

Bisweilen aber geht es nicht so glatt. Ich weiß einen Fall – Toko hat ihn mir anvertraut – wo die Tochter die Komödie spielte, ihrem Liebhaber den Laufpaß zu geben und einen anderen zu wählen, um ihrem Vater zu Gefallen zu sein. Dieser andere aber war ein Strohmann, den das Paar dazu vermocht hat, beim Abendmahl „vor der Welt" als der Auserwählte aufzutreten. Des Nachts schlief sie unverändert auf der alten Matte. Denn was innerhalb der vier Wände des Gemeinschaftshauses geschieht, geht keinen etwas an; die Jungen halten wie ein Mann zusammen, um dieses Recht zu wahren, indem sie nie etwas von dem intimen Zusammenleben dort drinnen verraten.

Auf diese Weise ging es eine Weile. Als aber der neue offizielle Liebhaber, der in jeder Beziehung eine gut Partie von hervorragendem Totem war, keine Miene machte, sich an den Alten zu wenden, wurde die Tochter abermals ins Gebet genommen.

Wieder war sie eine gehorsame Tochter, die scheinbar auch diesem Liebhaber den Laufpaß gab – sie konnte ihre Jugend doch nicht im Gemeinschaftshaus vergeuden, wo sie bald eine der ältesten sein würde! – und sie wählte einen dritten, der ebenfalls eine gute Partie war; es war aber wieder ein Strohmann – ein Freundschaftsdienst, der dem armen Freier erwiesen wurde. Im Gemeinschaftshaus schlief sie noch immer auf der alten Matte.

So ging es weiter, bis der Vater schließlich einsah, daß seine Tochter nicht so begehrenswert sei, wie er gedacht hatte. Da mit dem Totem der Familie nichts im Wege war, mußte sie also verborgene Fehler haben.

Nach einem peinlichen und ganz erfolglosen Kreuzverhör, das mit einer Tracht Prügel zur Strafe für die Enttäuschung endete, setzte der Alte resolut den Preis herab und gab allen, die es hören wollten, zu verstehen, daß er sie jetzt sozusagen zum Einkaufspreis abgeben wolle.

Es verging wieder einige Zeit. Nachdem der Alte schließlich genug gedemütigt war, begann er sich von selbst dem armen Freier zu nähern, der der einzige war, der ernste Absichten gezeigt hatte.

Dieser war ehrlich und redlich bei seinem ersten Angebot geblieben, schließlich wurden sie Mann und Frau; und Toko sagt, daß sie sehr glücklich sind.

Diese Geschichte von treuer Liebe, die wohl verdiente, mit all ihren komischen und rührenden Einzelheiten niedergeschrieben zu werden (vielleicht tue ich es mal in einem anderen Zusammenhang), hatte dennoch einen Haken.

Ich glaube gern, daß sie sehr glücklich wurden – ich habe die Erfahrung gemacht, daß stetige Leute glücklicher zu sein pflegen als andere – aber Tatsache ist, daß sie keine Kinder bekamen. Denn als sie es durfte, konnte sie keine gebären. Das hängt mit einer Handlung zusammen, die bei einem eingeborenen jungen Mädchen vollkommen zulässig, während sie bei uns ein Verbrechen ist.

Ein Ereignis aber wie das hier geschilderte ist eine reine Ausnahme. In der Regel wickelt sich alles glatt ab.

Wenn die Tür geschlossen ist und ein undurchdringliches Dunkel in dem Gemeinschaftshaus brütet, wird die Luft trotz der offenen Wände schwer und drückend.

Kein lautes Geräusch ist zu hören. Aber es geht wie ein gedämpftes Summen von all den heißen Atem und den warmen, vollblütigen Körpern aus, die den Boden füllen.

Dort schrabt ein Fuß; dort raschelt eine Matte; und als Unterton erklingen die tiefen, knurrenden Kehllaute, durch die die unmittelbare Lebensfreude der Eingeborenen sich Ausdruck verschafft.

Es ist wie in einem riesigen Taubenschlag in der Dämmerstunde, wenn die Vögel noch nicht auf ihren Stäben zur Ruh gekommen sind, oder wie in einem Hühnerhaus vorm Morgengrauen, bevor die jüngsten Hähne mit den Flügeln schlagen und zu krähen beginnen.

Ganz ausnahmsweise erklingt zornige Rede, wenn einer einen anderen zufällig tritt oder dergleichen; sie wird aber sofort niedergezischt. Und wenn einer so schnarcht, daß er die anderen weckt, wird er ohne Erbarmen vor die Tür gesetzt und muß im Freien schlafen. Der, den sie den „großen Jäger" nennen, übt eine selbständige, von allen anerkannte Justiz. Er ist von Mahujas Totem, dem vornehmsten der Stadt.

Ihre Liebe ist weder wild noch tierisch zügellos, wie so viele annehmen und wie ich selbst glaubte, bevor ich die Eingeborenen, die wir so kurzerhand „die Wilden" nennen, kennen lernte. Sie ist stark, aber schnell gesättigt wie bei gesunden, freien Menschen, die durch keine Verhüllung von der nackten Brust der Natur getrennt sind. Man kann in dem einen Augenblick von einer Matte Liebesgegirr hören, von der im nächsten die Atemzüge eines tiefen Schlafes ertönen.

Als wir eines Tages, von der Feldarbeit heimkehrend, zwischen den äußersten Hütten der Stadt gingen, blieb Winawa plötzlich stehen und lauschte nach oben.

Ich konnte nichts hören, sie aber faßte mich am Arm und fing an zu dem Gipfel eines Brotfruchtbaumes hinaufzurufen, der dicht neben der Hütte ihres Vaters stand, wo sie als Kind gewohnt hatte.

Während die anderen weitergingen und uns stehen ließen, rief sie in einem klagenden Ton: „Mein Bewa, mein Bewa!"

Als sich nichts zeigte, ging sie auf die Hütte zu, wobei sie mich immer am Arm hielt, als wolle sie mir etwas zeigen, während sie zum Baum hinaufsah und das tiefe Jodeln ausstieß, das alle Eingeborenen können.

Da schwirrte plötzlich etwas durch die Luft, und von einem hohen Ast senkte sich ein fliegender Hund mit eingezogenen Schwingen herab. Als er halbwegs auf sie herabgeschwebt war, entfaltete er seine Flügel und hielt sich in der gleichen Höhe, während sie ihm ihre Arme entgegenbreitete, den Kopf in den Nacken legte und ihm zulachte und zärtliche Kosenamen zurief, als spräche sie mit einem Kinde.

Er fuhr fort mit ausgebreiteten Flügeln über ihren Kopf zu schweben, während er den Kopf drehte und seine klugen, dunklen Augen auf mich heftete. Er bewegte seine Schnauze und öffnete die Lippen, daß die weißen Zähne auf mich herableuchteten.

Sie bedeutete mir, etwas zurückzutreten. Und kaum war ich zur Seite gegangen, als das Tier herabflog und sich in ihr Haar setzte, während es ihr liebkosend mit den Flügeln um die Ohren schlug.

Sie lachte über das ganze Gesicht, hob es mit den Armen vorsichtig herab und drückte es leidenschaftlich gegen ihre Brust.

Dann nahm sie eine Banane aus dem Korb, den sie beiseite gesetzt hatte, warf sich ausgelassen ins Gras, setzte das Tier auf ihren Rock und ließ es flügelschlagend und mit offener, beweglicher Schnauze, die aussah, als ob es lache, auf ihre Brust hinaufklettern.

Sie streckte die Hand, die die Banane hielt, hoch in die Luft und ließ jetzt das Tier längs ihres glatten Armes balanzieren, bis es die Frucht erreichte.

Es riß die Banane mit einem raschen Biß an sich und zerrte die Schale mit seinen spitzen, weißen Zähnen ab, während es die Frucht mit den Flügeln festhielt. Und als es auf ihre Brust zurückbalanziert war, reckte es sich ihr mit der Banane im Maul entgegen, damit sie auch von der Frucht abbeißen konnte.

So aßen sie jedes von einem Ende, bis ihre Zähne sich trafen. Sie nahm das Tier in ihre Hände, warf es hoch in die Luft wie einen Ball und sprang dann auf. Während das Tier sie umflatterte, spielte sie Haschen mit seinen Flügeln.

Es riß sich los; es schnupperte nach ihr; als ich aber herankam, flog es in die Höhe und wollte nicht wieder nach unten.

„Es ist böse auf dich!" sagte sie traurig und sah mich mißmutig an.

Schließlich ging sie weiter, aber sie blickte sich noch mehrere Male um und rief ihm zu, solange sie seiner ansichtig werden konnte.

„Es ist böse auf dich, weil ich es vergessen habe!" sagte sie traurig, während wir aßen, und sie war den ganzen Abend schweigsam.

Seit der Zeit ist sie mir nicht wohlgesonnen, vielleicht hat sie mir anmerken können, daß ich den fliegenden Hund nicht mag, der von vielen Eingeborenen als ein heiliges Tier betrachtet wird. Für uns ist und bleibt er eine ungeheure Fledermaus; und den Widerwillen, den ich empfand, als seine Schnauze ihren Mund berührte, habe ich wohl kaum verbergen können.

Als ich Tongu die Geschichte erzählte, sagte er, es sei etwas ganz allgemeines, daß junge Mädchen, die ein Junges fänden, das die Mutter verloren hat, es zähmen, aus ihrer Hand fressen lassen und bei sich behalten, bis es ausgewachsen ist, und daß das Tier später noch immer auf ihren Ruf hört.

Achtes Kapitel

Die Jungfraueinweihung

Es ist ein Fest beim König gewesen!" erzählte Toko, der immer alles weiß.

„Weshalb?"

„Wegen einer Jungfraueinweihung. Die letzte seiner Töchter hat einen Rock bekommen. Sie ist gestern aus dem Frauenhaus*) gekommen, nachdem die Tätowierung fertig und ihre Zähne gebräunt sind. Sie heißt Ali, und heute abend wird sie uns anderen zugeführt.

Kurz vor Sonnenuntergang sind wir alle in erwartungsvollem Schweigen ums Feuer versammelt.

Wir denken an die neue Jungfrau, die uns jetzt gehören soll. Wir putzen unser Gefieder, richten unsere Rücken höher auf und

---

*) Siehe Anm. S. 72

betrachten uns gegenseitig mit Mißtrauen. Jeder sucht sich soviel Platz zu erobern, daß neben ihm noch Raum bleibt.

Die Frauen sind mißvergnügt. Sie machen ein saures Gesicht, und einige sehen sogar ängstlich und bekümmert aus.

Da leuchtet es oben zwischen den letzten Hütten von einer blanken, reinen, hellbraunen Haut, und die Abendsonne wirft ihre violetten Schattenflächen über eine hohe, zarte Brust.

Im selben Augenblick erkenne ich sie wieder. Das ist ja das kleine, blanke Ding, das mich bei meiner ersten Audienz von der Tür aus anstarrte und die von ihrer Mutter fortgepufft wurde, weil sie mir zunickte und lachte, als ich ihr zunickte.

Sie nähert sich jetzt mit den Händen auf dem Rücken, den Kopf verlegen auf die Seite gelegt, zwischen Wahuja, der seine Brille aufhat, und einer älteren Dame, ihrer Mutter. Das Lendentuch, das ihr so ungewohnt ist, behindert sie im Gehen und macht die Bewegungen ihrer Beine unfrei.

Indem sie näher kommt und sieht, wie aller Augen an ihr hängen, verzieht sie den weichen, noch ausdruckslosen Mund zu einem absichtlichen Lächeln, das ihren jungfräulichen Schmuck, die herrlich braunen Zähne, zeigen soll.

„Ai – Ai!" klingt es bewundernd von uns Männern, die Frauen aber rücken neidisch hin und her.

Sie hat die schönste Kopfform, die man sich vorstellen kann – ein vollendetes Oval, das oben von der Bogenlinie des Scheitels abgegrenzt wird. Das Haar ist ganz kurz geschnitten und liegt in unzähligen kleinen, krausen, dunklen Locken an den Schläfen.

Die Ohren sind klein und rund und schließen fest an den Kopf an. Die Augenbrauen liegen in einem feinen, hellen Bogen über den frischen, blanken Augen, die vor Freude und Erwartung über das Leben, das sie jetzt beginnen soll, blitzen.

Um den Hals trägt sie zwei Ketten von den kleinen weißen Muscheln, die sonst als Geld gebraucht werden. Und außerdem einen großen, weißen, zirkelrunden Schmuck – ich kann nicht erkennen, aus welchem Stoff er ist – mit Figuren bemalt.

Sie ist schön; sie würde es sein, wo sie auch hinkäme. Merkwürdig ist es, daß auch aus den Augen der Eingeborenen eine unbedingte Anerkennung ihrer Schönheit leuchtet, obgleich ihr Geschmack sonst nicht mit dem der Europäer übereinstimmt.

Sie ist so froh über die Huldigung, die ihr entgegenwogt, daß sie sich nicht mehr damit begnügt, die Zähne zu zeigen. Es gluckst ihr in der Kehle von kleinen Lachblasen, während sie uns mit unschuldigen Augen mustert.

Wir sind nach und nach alle aufgestanden und schließen einen Kreis um sie. Der eine nestelt an ihrem Halsschmuck, der andere befühlt ihre runden Arme und bewundert ihre Festigkeit.

„Ai–Ai!" erklingt es ununterbrochen, und jedesmal, wenn einer seiner Bewunderung Luft macht, zeigt Ali ihre Zähne, die sie selbst für ihren größten Schmuck hält.

Kuda streicht ihr mit seiner flachen Hand über den Rücken, um zu fühlen, wie glatt er ist; und eine der Frauen zupft an ihrem Rock und bewundert seine Güte.

Und als Ali, die sich von dem engen Rock belästigt fühlt – sie ist ja gewohnt, ganz nackt zu gehen – eine heftige Bewegung macht, um ihn abzureißen, wird sie von einem schallenden Gelächter begrüßt, in das sie selbst mit einstimmt, während die Mutter ihr einen Klaps auf die Finger gibt und den Rock wieder zurechtzieht.

Je mehr ich sie betrachte, desto schöner finde ich sie. Winawa ist alt und häßlich im Vergleich mit ihr. Sie, die mir seit dem Abend mit dem fliegenden Hund nicht wohlgesinnt war und offenbar nur bei mir bleibt, bis sie sich einen anderen gesichert hat – sie fühlt selbst, wie sie den Kürzeren zieht, und faucht wie eine Katze, die sich zum Angriff bereitet.

Alis funkelnde Augen bleiben auf mir haften. Sie werden größer und größer, und der Mund bleibt ihr vor Staunen offenstehen. Sie hat mein Gesicht wiedererkannt; damals aber war es rot und komisch. Und wo ist das weiße Lendentuch geblieben, das ich über den ganzen Körper trug? Jetzt erblickt sie ja eine anständige braune Mahurahaut und das schönste rote Lendentuch, das man sich wünschen kann.

Ihr Interesse für meine Person erweckt Aufsehen und Mißvergnügen.

Kuda schiebt sich zwischen sie und mich, damit sie ihn statt meiner sehen soll; sie aber macht einen Schritt zur Seite, und als das nichts hilft, schubst sie ihn mit der Hand fort.

Schließlich kann sie nicht länger an sich halten. Sie tritt zu mir und sagt: „Bist du der rote Mann, der mir beim König zunickte?"

„Ja!" sage ich und bin stolz über die Auszeichnung, die mir zuteil wird.

Dann betrachtet sie mich vorsichtig von Kopf bis zu Fuß, streckt den Arm aus und berührt vorsichtig mit ihrem Zeigefinger meine Schulter.

„Hast du eine neue Haut bekommen?" fragt sie erstaunt.

„Das ist braune Erde!" beeilen meine Kameraden sich sie aufzuklären und legen soviel Hohn in ihre Worte, wie die Furcht vor der heimlichen Macht meiner Büchse, die Tongu in Verwahrung hat, es ihnen erlaubt.

„Ai – Ai!" sagt sie und tritt mit einem unsicheren Lächeln zurück. Ich mache mich so verlockend wie möglich, spanne meine Muskeln, lasse meine kräftige Stimme mit einigen europäischen Gesangstrophen ertönen, was Eindruck auf Eingeborene zu machen pflegt, wie ich aus Erfahrung weiß.

Obgleich die anderen mich sofort mit ihren jodelnden Kehllauten übertönen, hört sie doch nur mich; und ich sehe jeden Augenblick ihre blanken Augen auf mich gerichtet.

Meine persönlichen Vorzüge machen mich übermütig; ich bin fest entschlossen sie zu gewinnen und wünsche nur, daß ich meine Büchse hier hätte, um sie vorzuzeigen. Statt dessen führe ich eine Kunst vor, in der ich Meister bin und die keiner der Eingeborenen mir nachmachen kann.

Ich schlage vor ihren Augen im Sand etliche Purzelbäume.

Zuerst erschrickt sie; als ich dann aber wieder aufrecht und lachend vor ihr stehe, ruft sie Ai – Ai und hat keinen Blick mehr für die anderen übrig.

Das Tarobrot und die Brotfrüchte sind jetzt geröstet. Die Mädchen suchen die kleinen Blattpäckchen*) aus der Asche und den glühenden Steinen hervor. Jeder bekommt seinen Anteil.

Keiner aber will sich zuerst setzen. Alle drängen sich um Ali, so dicht sie es nur können und wagen. Denn jetzt kommt der feierliche Augenblick, dessen Bedeutung ihre Mutter ihr schon vorher eingeprägt hat.

Sie weiß, daß sie sich neben den setzen soll, auf dessen Matte sie am liebsten schlafen will.

Mit Rücksicht darauf, daß sie die Tochter des Königs ist, wenn auch nur zweiten Ranges, denn die erste Königin ist nicht ihre

*) Die gestoßene oder geschabte Tarowurzel wird mit geriebener Kokosnuß vermischt, zu Brot geformt und, in Blätter eingewickelt, zwischen glühenden Steinen geröstet.

Mutter, warten sowohl Wahuja wie die ältere Dame mit Interesse den Ausfall ihrer Wahl ab.

Ich verstehe mich genügend auf Frauen, um zu wissen, daß ich mich zurückhalten muß.

Und ganz richtig. Zuerst stutzt sie und sieht mich halb gekränkt und halb überrascht an, daß ich der einzige bin, der sich nicht um sie drängt. Da ich ihr aber noch immer lächelnd ins Auge blicke und ihr zunicke, wie damals beim König, da versteht sie. Sie nickt wieder wie damals, und ich kann ihr ansehen, daß sie sich der Szene von damals erinnert und sich ihrer Würde bewußt ist; denn jetzt soll ihre Mutter es nur wagen, sie im Nacken zu fassen und fortzuschubsen.

Sie stößt die, die zwischen uns stehen, beiseite. Im nächsten Augenblick sitzt sie neben mir und lehnt sich sogar vertraulich an meine Schulter.

Wahuja scheint ihre Wahl zu billigen. Wahrscheinlich wird er mir nachher einbilden wollen, daß ich sie seinem Einfluß zu verdanken haben, um sich dadurch einen Rum zu verdienen. Nachdem die Sache endlich entschieden ist, beruhigen die anderen sich mit einem resignierten Seufzer. Nichts mehr zu machen.

Winawa aber ist trotz der Kälte, die sie mir in den letzten Wochen gezeigt hat, tief gekränkt. Sie faucht mit halbgeöffnetem Mund; dann faßt sie einen raschen Entschluß, pflanzt sich dicht neben Toko auf, und indem sie verstohlen zu mir hinblickt, um die Wirkung zu beobachten, legt sie kurz entschlossen ihre Hand um seinen Nacken. Das soll bedeuten, daß sie mich um des willen verschmäht, der allgemein als mein Diener betrachtet wird.

Toko rückt unruhig hin und her. Nicht, daß Winawa nicht nach seinem Geschmack wäre. Im Gegenteil! Aber er will mich nicht erzürnen. Er sieht mich fragend an. Ich lächele und nicke, und darauf ist er sofort bereit; Winawa aber ist enttäuscht und behandelt ihn weniger liebevoll.

Die Nacht, die folgte, wie soll ich sie beschreiben!

Sie war wunderbar, rührend, komisch, ausgelassen, ernst, tränenvoll, strahlend, keusch und sinnlich – alles durcheinander. Aber wunderbar.

Ich will mich damit begnügen, den Anfang zu erzählen.

Als ich auf dem Wege zum Gemeinschaftshause, wo sie nun zum erstenmal auf der Matte eines Mannes schlafen sollte, um sie zu erfreuen, die prachtvolle Tätowierung auf ihrem Leib bewunderte – eine flammende Sonne um den Nabel, der zu einem Auge gemalt war – da antwortete sie strahlend vor Glückseligkeit über ihre neue, erwachsene Herrlichkeit, daß das noch gar nichts sei. Nein – hier solle ich sehen!

Und ohne eine Spur von Schamgefühl, mit derselben Freude, mit der eine europäische Konfirmandin einem guten Freunde ihr neues Kleid zeigen würde, riß sie ihr Lendentuch ab und ließ mich das prachtvolle Zickzackmuster sehen, das sie umspannte und sich zu kunstvollen Zirkelfiguren auf – ja, rein heraus, auf ihrem Hinterteil vereinigte.

Sie war sehr stolz darauf und strich bewundernd mit der Hand über das Muster. Ich merkte wohl, daß sie eine viel stärkere Bewunderung erwartete, als meine Verblüfftheit mir zuließ.

So fing diese wunderbare Nacht an, die uns beiden wildfremden Menschen, den neun Jahrhunderten der sogenannten Zivilisation zum Trotz, fürs ganze Leben zusammenband.

Für ihr ganzes Leben.

Neuntes Kapitel

Eifersucht und Heiratsgedanken

Ali und ich waren sehr glücklich.

Sie schlief fest in meinen Armen ein und erwachte in meinen Armen.

Ihre helle, melodische Stimme zwitscherte mir den ganzen Tag in den Ohren. Denn sie folgte mir wie mein Schatten und paßte auf, daß mir kein Unheil zustieß.

Oft griff sie mich am Arm und zog mit von einem Baum fort, unter dem ich ruhen wollte, weil sie behauptete, daß Mumut*) daran säße. Und lachte ich sie aus, so zeigte sie ernst auf irgendein untrügliches Kennzeichen. Dieser oder jener Vogel – die körperliche Verkleidung irgendeines Geistes, von denen sie eine Menge kannte – hatte etwas auf dem Stamm verloren.

*) Das Mumut einer Person bedeutet: etwas was sie hinterlassen hat, z.B. Spucke, Fußtapfen usw., außerdem aber auch Zauberei im allgemeinen, ebenso wie Purmea.

Oder sie warf mit Steinen nach einem anderen Vogel, der sich über unserm Kopf auf einem Baum niedergelassen hatte.

Eines Abends fiel eine schimmernde Sternschnuppe herab, als wie gerade zusammen zu dem dunklen, strahlenden Himmel hinaufblickten.

Sie stieß einen Schrei aus und umschlang mich mit ihren Armen, während sie vor Schreck zitterte. Hinterher bekam ich zu wissen, daß die Sternschnuppe ein böser Geist sei, der vom Himmel herabfährt, wenn er sich einen Menschen holen will, den er sich als Opfer ausgesucht hat.

Bekommt sie etwas, das ihr schön oder schmackhaft erscheint, so gibt sie es mir und will nichts haben, bevor ich es geteilt und die größere Hälfte für mich behalten habe. Ihre blanken, lebhaften Augen leuchten bei jeder Freude, die sie in meinen Augen sieht, und verdunkeln sich wie ein Wasserspiegel bei jeder Wolke, die über meine Stirn zieht.

Ihre weichen, gebogenen Lippen aber kräuseln sich jedesmal vor Mißbehagen, wenn ich mit einem der anderen Mädchen spreche. Und sie hat gleich entdeckt, daß Winawa den Platz auf meiner Matte vor ihr innegehabt hat.

Es ist eine stille, fast komische Feindschaft zwischen den beiden. Nur der heimliche Respekt vor mir hält sie davon zurück, zu Handgreiflichkeiten überzugehen.

Winawa neckt sie, indem sie so dicht wie möglich am Feuer neben mir Platz nimmt. Während Ali mich von ihr fortzieht, macht Winawa mir Augen zu und stößt geheimnisvolle Lippenlaute aus, von denen Ali glaubt, daß sie eine erotische Bedeutung haben.

Ali strampelt vor Zorn mit den Beinen, schließlich springt sie auf und hält mir die Augen mit der Hand zu, während sie Winawa gelobt, daß sie ihren Mumut nehmen und den Zauberer bitten will, sie unfruchtbar zu machen, damit sie keinen Mann behalten und den Rest ihres Lebens als „freudlose Witwe"*) verbringen muß.

Wenn es soweit gekommen ist, wird Winawa bedenklich und hält inne. Und mehrere Tage danach achtet sie sorgsam darauf, daß sie keinen Bissen nachläßt, nicht ausspuckt, keine Spur irgendwelcher Art von sich hinterläßt, solange Ali in ihrer Nähe ist und sie finden kann.

*) 12. Kapitel.

Es ist Alis beständiger Kummer, daß sie auf Grund ihres Ranges an gewissen gemeinsamen Arbeiten nicht teilnehmen kann. Sie darf wohl Früchte ernten, aber nicht graben oder pflanzen.

Sie darf auch nicht an dem großen, halbjährigen Tatloifang*) teilnehmen.

Als der Fischschwarm von dem Ausguckposten, der während der Zeit, in der der Fisch erwartet wird, täglich in der höchsten Kokoskrone postiert wird, signalisiert war, stürzten wir alle zum Strande mit Körben, Stangen, oder was wir gerade in der Hand hatten oder in der Eile erreichen konnten. Und Winawa folgte mir gerade vor Alis Augen auf den Fersen. Sie trampelte und schrie, weil sie nicht mit durfte.

Wir standen bis an die Knie im Wasser und bildeten einen Kreis, um die zahllosen kleinen Fische, die die Wasserfläche wie einen ungeheuren Fischrücken zum Glitzern brachten, bei der eintretenden Flut am Zurückweichen durch die Öffnung des Riffes zu verhindern.

Es wurde mit Körben und Händen und Beinen gesperrt und gerufen und geschrien, um die Fische zurückzuschrecken.

Inzwischen rückten wir immer mehr zusammen, um den Kreis enger und den Schwarm dichter zu machen, damit wir die Fische leichter fangen konnten.

Wie auf Verabredung machte der Schwarm kehrt. Die kleinen, behenden Körper blinkten und glitzerten in der Wasserfläche, sprangen ungefähr einen Fuß in die Höhe und wurden in Körben aufgeschaufelt.

Eine wahre Raserei ergriff uns. Die gefüllten Körbe wurden von halbwüchsigen Jungen in die Kanus entleert und zurückgereicht. Einige fingen mit den Händen und schaufelten mit den Armen. Andere schlugen mit Stangen, so daß die Fische betäubt wurden.

Da waren Frauen, die in Raserei ihren Rock abrissen, um damit in Ermangelung eines Korbes zu fischen.

Eine, die in der Eile kein Gerät erwischt hatte, stopfte die Fische in den Gürtel, ins Haar und zwischen die Zähne, so daß die Fische wie glitzernde Schlangenzungen aus ihrem weitgeöffneten Mund hervorzappelten.

---

*) Ein kleiner, glänzender Sardinenfisch. Es ist der einzige Fischfang, an dem Frauen teilnehmen dürfen.

Als wir schließlich fertig waren, weil der letzte Rest des Schwarmes uns zwischen den Knien entschlüpfte und sich nicht mehr einholen ließ, wateten wir an Land, mit wehen Füßen, die durch das Herumtrippeln auf dem harten Korallengrund wund geworden waren.

Winawa ging dicht neben mir und Kuda und Milawa an ihrer anderen Seite. Sie waren wegen des guten Fanges in strahlender Laune.

Winawa suchte zwei von den kleinen hellroten Muamua, die Meerwalzen*) gleichen, und bot mir die eine. Kuda und die anderen lächelten bedeutungsvoll und beobachteten gespannt, ob ich sie essen würde.

Ich habe Meerwalzen auf Java gekostet, wo sie ebenso wie in China als große Delikatesse eingeführt und verkauft werden; zuerst werden sie gekocht und dann geräuchert oder geröstet, Muamua aber werden von den Eingeborenen roh gegessen wie Austern.

Ich sah sie etwas mißtrauisch an. Dann überwand ich mich und steckte sie in den Mund. Im selben Augenblick verschlang Winawa ihre, wobei sie etwas vor sich hinmurmelte. Kuda, Milawa und die anderen kicherten und ergötzten sich wie über einen guten Witz. Winawa strahlte übers ganze Gesicht und schmiegte sich zärtlich an mich, während sie triumphierend die anderen als Zeugen nahm.

„Habt Ihr gesehen, daß er sie aß?"

„Wir sahen, daß er sie aß!" antworteten sie und genossen die Situation, die ich mir nicht erklären konnte.

Als wir des abends ums Feuer saßen und ich wie gewöhnlich Ali bei mir hatte, sagte Winawa, die uns gerade gegenüber Platz genommen hatte: „Die braune Erde", – das ist ein Spitzname, den Kuda mir gegeben hat, – „hat heute Muamua mit mir gegessen."

„Das ist gelogen! schrie Ali außer sich und packte meinen Arm mit beiden Händen."

„Habt Ihr es nicht gesehen?" fragte Winawa in gleichgültig schleppendem Ton und sah Kuda und Milawa an, während sie sich herausfordernd in den Hüften wiegte.

*) Trepang-Meerwalzen („heche-de-mer"), werden überall in China gegessen, zum Teil auch von den Europäern, auch im französischen Hinterindien.

„Wir haben es gesehen!“ bekräftigten die Zeugen wie aus einem Munde. „Er nahm die eine und aß sie, und sie nahm die andere und aß sie.“

„Und sie schmeckte ihm sehr gut!“ fügte Kuda hinzu, indem er seine kleinen, stechenden Augen mit einem spöttischen Lächeln auf Ali heftete.

„Das ist gelogen! – das ist gelogen!“ schrie Ali mir ins Gesicht und rüttelte mich am Arm, damit ich sprechen solle.

„Freilich hab' ich sie gegessen. Ihr eßt sie doch auch!“ sagte ich und machte mich sanft frei.

Ali ließ mich los. Ihr Gesicht verzerrte sich, und sie warf sich auf den Rücken in den Sand, während sie mit den Beinen strampelte und schrie und jammerte.

Ich fuhr in die Höhe und versuchte sie zu beruhigen, aber es war mir nicht möglich aus ihr herauszubekommen, worin mein Verbrechen eigentlich bestand. Sie schrie nur: „Sie soll sterben – und du auch! – sie soll sterben und du auch!“

Schließlich mußten Toko und ich sie hinter das Gemeinschaftshaus tragen, wo wir von den anderen nicht gehört und gesehen werden konnten.

Ich liebkoste sie wie ein Kind, versprach ihr die Sonne und den Mond und alle Halsketten der Welt, versprach ihr zum Zauberer zu gehen, damit er den Tod auf Winawa herabhexen solle, kurz gesagt alles, was sie sich nur wünschen konnte, bis ihr Zorn schließlich nachließ und in ein langes und herzliches Weinen überging.

Auch Toko hatte mich bedenklich und mißbilligend angesehen, als die Sache mit den Muamua ans Tageslicht kam; ich benutzte deshalb den augenblicklichen Frieden, um ihn auszufragen, und erfuhr, daß Muamua ebenso wie die richtigen Meerwalzen für ein Liebesmittel gehalten werden. Ein Weib, das einen Mann dazu verführt, Muamua zu essen, während sie gleichzeitig Zauberworte murmelt, bekommt unbedingte Macht über seine Sinne und kann ihn allein durch Gedanken verhindern, mit einer anderen als mit ihr Liebe zu teilen.

Ich mußte lachen. Und als ich erst angefangen hatte, konnte ich gar nicht wieder aufhören.

Ali richtete sich auf ihren Händen auf und sah mich erstaunt an. Und daran gewöhnt, sich in all und jedem meinen Gefühlen und meinem Willen anzupassen, mußte sie schließlich mitlachen, und ich versuchte sie nun davon zu überzeugen, daß Zauberei keine Macht über mich habe.

Ich hütete mich wohl, ihre Bedeutung überhaupt zu bestreiten – das hätte sie nur betrübt und mich in ihren Augen verdächtig gemacht – sondern ich sagte, daß die Geister über mich, den weißen Mann, keine Macht hätten. Erst als ich darauf verfiel, daß es meine Büchse sei, die die Geister von mir zurückschrecke, beruhigten Ali und Toko sich. Das war etwas, was ihnen einleuchtete.

Alis Gemütsruhe hatte aber doch einen Stoß bekommen. Denn wenn die Geister auch nichts ausrichten konnten, so blieb doch Winawas böser Wille noch übrig. Und da Ali ein tiefes Verständnis dafür hatte, warum Winawa mich nicht lassen wollte, und sich in der Tiefe ihres Herzens nur darüber wunderte, daß nicht auch Milawa und Muwa, kurz gesagt, alle unverheirateten Weiber ihre Liebsten verschmähten, um mir nachzulaufen, so schmiegte sie sich fest an mich, als wir auf der Matte zur Ruhe gekommen waren, und flüsterte mit tränenerstickter Stimme: „Weshalb kaufst du mich nicht? – weshalb kaufst du mich nicht?"

Ich lag noch lange wach und dachte über diese Worte nach, während ich Alis lange, regelmäßige Atemzüge gegen meinen Hals spürte.

Eines Tages, als ich von einer Feldarbeit nach Hause kam, an der Ali nicht teilnehmen durfte, war sie nicht da.

Ich fragte die Frauen, wo sie sei.

„Sie ist im Frauenhaus*)!" sagten sie.

Natürlich. Sie mußte ja auch mal an die Reihe kommen.

Bereits am ersten Tage vermißte ich sie schmerzlich. Am nächsten wurde es noch schlimmer. Ich machte die Entdeckung, daß ich dieses klopfende Herz an meiner Seite, diese mir stets geöffnete Hand, diesen starken Blick, der sein Licht von meinem nahm, diesen jungen, geraden Sinn, der seine Nahrung von mir bekam und dafür alles zurückgab, was er besaß, nicht mehr entbehren konnte.

In der Mittagsstunde, als alle im Schatten lagen und schliefen, schlich ich mich fort. Ich war nie beim Frauenhause gewesen. Das ist uns Männern nämlich verboten.

---

*) Das Frauenhaus liegt versteckt im Walde. Hier werden die jungen Mädchen vor der Jungfraueinweihung behandelt; und hier verbringt jede Frau die Tage im Monat, wo sie nicht wohl ist.

Ein Mann, der beim Hause gesehen wird, soll von den Frauen fortgesteinigt werden.

Ich wußte aber, in welcher Richtung es liegen mußte, obgleich kein gebahnter Weg durch den Wald dorthin führt. Denn ich hatte hin und wieder Frauen hinter den beiden Hütten, die hart am Walde liegen, hervorkommen sehen, mit neuen Röcken, froh und vergnügt.

Ich suchte nach dem richtigen Weg, bis ich eine Stelle fand, wo die Schlingpflanzen zerrissen und die Zweige geknickt waren.

Ich folgte der schwachen Spur, blieb stehen und lauschte. Ich wußte, daß es nicht weit fort sein konnte; denn drüben auf der anderen Seite begann schon der Kokoshain des Königs.

Als ich den neuen Königszaun erreicht hatte, schwenkte ich ab und ging geradeaus, bis ich einige Hühner gackern hörte.

Auf einmal war ich da. Zwischen den Bäumen, in einer kleinen Lichtung, lag ein viereckiges Haus mit einem hohen, dekorierten Giebel, ähnlich dem des Gemeinschaftshauses. Rings herum war ein mannshoher Bambuszaun.

Ich hörte Frauen drinnen lachen und plaudern. Es war mir sogar, als hörte ich Alis Stimme und ich wagte mich ganz nah an den Zaun heran, wo ich eine Ritze fand, durch die ich hindurchgucken konnte.

Da war sie. Sie ging im Sand und spielte mit einigen Küchlein, denen sie Tarokrumen zuwarf und sie zu fangen versuchte, wenn sie danach pickten.

Ich wurde so froh, als hütte ich sie einen Monat nicht gesehen. Als sie sich schließlich der Stelle näherte, wo ich stand, und ich sah, daß niemand in der Nähe war, fing ich an wie eine Henne zu glucken. Sie lauschte und trat ganz an den Zaun heran, um nach der Henne auszuspähen.

Da rief ich ihren Namen. Sie zuckte zusammen. Dann leuchteten ihre Augen mir wie Sonnen entgegen. Sie faßte sich aber gleich und begann die Henne zu locken. Ich gluckte wieder, lauter und lauter. Sie tat erstaunt und ging dann auf zwei alte Frauen zu, die ich noch nie gesehen hatte und die wahrscheinlich ihr Leben hier im Verborgenen verbringen und das Heiligtum bewachen.

Sie erzählte ihnen von der Henne, die über das Gitter geflogen sei. Da lieferte die eine der beiden Alten ihr eine lange Stange mit einem Haken an einem Ende aus. Damit ging sie zur Tür, die mitten im Zaun ganz in meiner Nähe war. Sie faßte mit dem Haken einen Zapfen, der hoch oben angebracht war, und zog aus allen Kräften. Die schwere Tür, die in einem Flaschenzug hing, glitt längs der beiden Fugen, in die sie eingefaßt war, in die Höhe.

Sie schlüpfte darunter hindurch, nachdem sie die Stange festgestellt hatte, und einen Augenblick später lagen ihre Arme um meinen Hals, während sie die Henne noch immer laut rief und ich als Antwort gackerte.

Plötzlich wurde sie von Angst vor den Folgen meiner Kühnheit ergriffen. Noch einmal drückte sie ihre Brust gegen meine, streichelte meinen Arm mit ihren Händen und schickte mich dann fort.

Sie blieb draußen stehen, abwechselnd rufend und gackernd, bis sie mich nicht mehr sehen konnte und mich hinter den Lianen in Sicherheit wußte.

Dann hörte ich den dumpfen Fall der Tür und war zurück, bevor jemand erwacht war und mich vermißt hatte.

Am Abend, als ich wach und einsam auf meiner Matte lag, faßte ich den Entschluß, Ali zu kaufen.

Das erste, was ich tun mußte, war, mir ein Haus zu bauen. Denn wie konnte ich des Königs Tochter kaufen, ohne ihr ein Heim zu bieten?

Ich fing also an Toko gegenüber zu äußern, daß ich nicht so jung sei wie er, und daß Tongu, der nicht viel älter wäre als ich, schon lange ein backenbärtiger Mann sei, mit eigenem Heim und Herd.

Toko sah mich erschrocken an. Dann runzelte er die Brauen, aber sagte nichts.

Ich versuchte es auf eine andere Weise. Ich redete davon, daß man besser in seinem eigenen Hause schliefe als dort, wo so viele schnauften und mit den Beinen oder den Matten scharrten.

Toko leugnete es nicht. Er runzelte nur die Brauen und sah mißmutig vor sich hin, noch immer stumm.

Am dritten Abend, als wir von der Feldarbeit heimkehrten, klagte ich über Schmerzen im Rücken. Ich könne es nicht vertragen, auf dem Felde mit der brennenden Sonne im Rücken, auf meinen Knien zu liegen. Es wären andere Zeiten für mich gewesen, als ich noch allein bei Tongu wohnte.

Das war zuviel für Toko.

„Wenn du ein Haus bauen und uns verlassen willst," sagte er mit bebender Stimme, „so sag es; aber schilt nicht mich, der ich aus deiner Hand esse*)."

Da wurde mir auf einmal klar, daß Toko mich als einen Undankbaren betrachtete. Alles was ich gesagt und worüber ich mich beklagt hatte, faßte er nämlich als einen persönlichen Vorwurf auf, als ob er die Verantwortung dafür trüge, daß die Sonne stach und mein Rücken mich schmerzte und daß des Nachts mit den Matten und Beinen gescharrt würde.

Da entschloß ich mich schließlich zu dem Bekenntnis, daß ich Ali kaufen wolle.

Er schüttelte bekümmert den Kopf und machte eine Andeutung, daß bei Frauenzimmern kein Glück sei. Man sei nie sicher vor Zauberei. Es wäre besser, seine Brotfrucht allein zu essen, als sie mit anderen zu teilen. Es sei besser, mit Freunden in Frieden zu leben und seine Schlafgefährtin nach Belieben zu wählen, als den Zankvogel auf seinem Dach sitzen zu haben.

Als er merkte, daß alle guten Lebensregeln an mir abprallten, gab er mich mit einem Seufzer auf und fing endlich an, sich für die Sache selbst zu interessieren.

Als er erst richtig verstanden hatte, daß ein Haus gebaut werden sollte, und daß er niemandem verraten durfte, weshalb, wurde er fast noch eifriger als ich.

Wenn wir von und zur Feldarbeit gingen, war er in tiefe Gedanken versunken; wenn ich ihn nun fragte, woran er dächte, antwortete er nicht mehr: „an die Luft", sondern „an den Balkenfuß" oder „an flache Bambus für die Wände" oder dergleichen.

Er wurde mir noch lieber als vorher in dieser Zeit, wo er nur daran dachte, alles so gut wie möglich für mich zu machen, obgleich er wußte, daß er mich nun verlieren würde.

Wir wählten eine passende Stelle im Gemeinschaftswalde, ein Stück vom Strande entfernt, in der Nähe des Kokoshaines.

Wir machten den Boden eben. Tongu verschaffte uns für billiges Geld gutes und trockenes Holz. Er war sehr einverstanden mit meinem Vorhaben und sah mich mit Freuden dem Kreis der Backenbärtigen zuwandern, in dem er selbst ein geachtetes Mitglied war.

*) Ausdruck der Eingeborenen für blinde Ergebenheit und Unterwerfung.

Toko spaltete junge Äste zu Dachsparren und war beizeiten bedacht, große und starke Kokosblätter zum Dachdecken zu sammeln.

Ich maß einen länglichen, viereckigen Grund ab – eine große Hütte sollte es sein, eine königliche Hütte für Ali.

Nachdem ich einen Überschlag über den Inhalt meiner Schiffskiste gemacht und damit meinen Tabu festgestellt hatte, gingen Tongu und Toko gemeinsam an die schwierige Wahl von altem, trockenem Kokosholz. Es sollten Eckpfähle sein und erstklassige Balkenfüße mit Kreuz- und Querbalken unter der ganzen Hütte.

Die Wände wurden aus jungen Stämmen ausgeführt, die in dicke Bretter gespalten und inwendig mit dünnem Bambusrohr bekleidet wurden, wie beim König. Tongu sah dies als einen überflüssigen Luxus an, Toko aber meinte, daß nichts gut genug wäre.

Auf der mittleren Querplanke des Balkenfußes wurde der Sitte gemäß die Feuerstatt errichtet, die aus großen, viereckigen Korallblöcken bestand, die Toko ausgewählt und die wir alle drei behauen hatten. Um diese Blöcke machten wir eine Bekleidung von dickem Holz, wie sie nur in den besten Häusern vorkommt.

Die ganze eine Seite des bambusbelegten Fußbodens bedeckten wir mit einer gewaltigen Schlafpritsche aus flachen Brettern, die Toko sorgsam mit seiner Axt geglättet hatte. Die Pritsche war einen Fuß über dem Fußboden, und Tongu flocht zwei herrliche Matten dafür aus dem feinsten Bast, der aus den Rippen der Pandangblätter gewonnen wird. Das war sein Hochzeitsgeschenk.

In der entgegengesetzten Ecke, gleich neben der Tür, war ein Holzgestell, der Garderobenständer der Eingeborenen, an dem sie Waffen und Werkzeug aufhängen. Und unter der Decke, längs der Dachschrägung, liefen um die Wände herum zwei Borte für Eßwaren, Küchengerätschaften und andere nützliche Dinge.

Als das Haus schließlich fertig dastand, von außen mit gebranntem Korallenkalk geweißt, wie nur des Königs und Wahuhas Haus es aufzuweisen hat, mit ockergemalter Tür und dito Balkenfuß und mit dem feinsten Kokosflechtwerk gedeckt, da nahmen Tongu, Toko und ich eine letzte Besichtigung von innen und außen vor.

Als alles für gut befunden war und wir wieder vor der Tür standen, fing Toko plötzlich an zu weinen und sein dickes Kraushaar zu zerraufen.

„Jetzt gehst du von mir," sagte er, „und ich darf nie mehr aus deiner Hand essen. Wer soll mich nun vor Mumut und Purmea behüten?"

Ich versprach ihm, daß wir uns täglich sehen wollten, er dürfe mich jederzeit besuchen. Er aber schüttelte den Kopf und begann wieder von dem Zankvogel auf dem Dach zu sprechen.

Da suchte ich aus meiner Schiffskiste eine Uhr heraus, zeigte ihm, wie er sie aufziehen müsse, und sagte, daß die Geister ebenso bange davor seien wie vor mir und meiner Büchse.

Das tröstete ihn ein wenig, aber er blieb dennoch ernst. Das mit den Geistern war wahrscheinlich ein kindlicher Versuch, sich selbst den Kummer zu erklären, den er bei der Trennung fühlte – einen Kummer, den er noch nicht empfunden hatte und den er sich darum nicht klar zu machen wußte.

Zehntes Kapitel

Der weise Wahuja und die Freierei

So begab ich mich denn auf den Weg zur Freierei, von Tongu und Toko begleitet.

Wir hatten Geschenke für das weiße Langohr mit. Ein Paar hellbraune Unterhosen aus englischem Flanell mit schwarzen Streifen und ein Paar weißseidene Hosenträger mit blauer Stickerei. Sie waren mal mein Stolz gewesen. Ich kaufte sie einst im Frühjahr in Batavia, als ich auf Freiersfüßen ging.

Als wir vom Strandweg in die weiße Pisangallee einbogen, die zum Königshause führt, kam uns auch diesmal Wahuja auf halbem Wege entgegengeschlichen.

Er scheint alles voraus zu wissen, was in der Stadt vorgeht.

Ich konnte seinem Gang ansehen, wie er uns auf seinen wunden Füßen mit den zusammenstoßenden Knien entgegengetrippelt kam, daß er wußte, in welcher wichtigen Angelegenheit wir kamen.

Er hatte die goldene Brille meines Onkels auf der Nase, die er immer aufsetzt, wenn etwas Wichtiges vorliegt. Er glaubt offenbar, daß sie nicht nur das Auge, sondern auch den Verstand schärft.

Er blieb ein Stück vor uns stehen und winkte uns in den Schatten der Pisangs. Ebenso wie das letztemal.

Seine kleinen, lebhaften Augen nahmen einen hastigen Überblick über meine Person, mein Gefolge und die Größe des Korbes, den Toko trug. Seine zahnlosen Kiefer arbeiteten unablässig, während er mir sein rechtes, behaartes Ohr hinhielt, wie er zu tun pflegt, wenn er Audienz erteilt.

Ich erzählte ihm mein Anliegen. Aber obgleich er Alis Wahl warm beigepflichtet hatte und am nächsten Tage zu mir gekommen war, um sich einen Rum als Provision abzuholen, so war es mir jetzt nicht möglich, ihm auch nur einen anerkennenden Blick abzugewinnen.

Im Gegenteil. Der durchtriebene Kerl kratzte sich bedenklich hinter seinen Eselsohren, als sei mein Vorhaben eine ganz vermessene Sache.

„Hat der reiche Geber bedacht," sagte er nach längerem Kauen, „daß er ein Fremder ist, der obendrein eine falsche Haut hat?"

Ich machte eine Andeutung, daß ich ja nur seinem weisen Rat gefolgt sei und jetzt ebenso aussähe wie jeder anständige Mahuramann.

„Aber die Haut der Tochter des Königs ist eine echte Haut!" blieb er bei, als handele es sich hier um Häute und nicht um Ehesachen.

„Und sie färbt nicht im Regen ab!" fügte er mit einem boshaften Blick hinzu.

Ich sagte, es sei recht schade, daß dem weisen Wahuja mein Vorhaben nicht gefiele. Denn ich hätte einige Kleinigkeiten mitgebracht, die ich mir erlauben wollte ihm anzubieten, wenn er meine Sache beim König vertreten wolle.

Toko öffnete den Korb. Hosenträger und Beinkleider kamen ans Licht.

Ich hielt sie in ihrer ganzen verlockenden Länge vor seine alten Augen, und wie er sich auch bemühte, so konnte er seine Begehrlichkeit nach diesen neuen Herrlichkeiten doch nicht verbergen.

Seine zitternden Finger tasteten über die weiche Wolle, und die Brille funkelte über der weißen Seide, die er von einem bis zum anderen Ende beschnüffelte.

Ob der weise Wahuja nicht probieren wolle, wie schön diese Dinge für ältere Beine seien, die der Wärme bedurften. Wahuja sah aus, als ob ihn beständig fror.

Ich lockte ihn zwischen die Baumstämme und zeigte ihm, wie die Beinkleider angezogen werden müßten.

Es war nicht leicht, glückte aber schließlich doch, indem Tongu und Toko ihn im Rücken hielten, während ich seine steifen Beine hindurchsteckte.

Es machte einen tiefen Eindruck auf ihn, als er fertig war und an seinen schwarzgestreiften Beinen hinabsah.

Als ich ihm darauf den Hosenträger umlegte und ihm den wunderbaren Mechanismus mit den runden, flachen Knöpfen zeigte – Muscheln nannte er sie –, die durch die Löcher in den Hosenträger gesteckt wurden, als er sah, daß dieser länger und kürzer gemacht werden konnte und daß die Hosen mitfolgten, bis sie ganz über seine schlaffe Magenhaut gingen, als er fühlte, wie die Wärme in ihm zu prickeln begann, da verzog sich sein Mund endlich bis an seine behaarten Ohren, so daß alle seine Zahnstummel sichtbar wurden. Es war das erste und das letztemal, daß ich Wahuja lachen sah.

Tongu und Toko stießen das eine Ai nach dem anderen aus, während sie krumm vor ehrerbietigem Beschauen dastanden und sich hingerissen auf ihre Schenkel schlugen.

Da erlaubte ich mir eine scherzhafte Bemerkung: „Da nun der weise Wahuja selbst eine falsche Haut bekommen hat, kann er doch dem Fremden nicht mehr vorwerfen, daß seine Haut nicht echt sei.“

Wahuja gutierte meinen Witz aber nicht, sondern beschränkte sich darauf zu bemerken, daß er für den reichen Geber tun wolle, was er vermöchte.

Während wir das letzte Stück Weg zum Königshause hinaufgingen – Wahuja mit Goldbrille, Hosenträger und Unterhose –, wimmelte die Verandaöffnung von kraushaarigen Köpfen, die in Bewunderung über den seltenen Anblick versunken waren.

Plötzlich verschwanden sie durch einen Machtspruch von drinnen.

Wahuja bat uns am Fuße der Hühnerleiter zu warten, bis er dem König seinen Schmuck gezeigt und unser Anliegen vorgebracht habe.

Es dauerte ziemlich lange. Ich nehme an, daß der Preis in allen Details beredet ward, während seine Majestät zum Empfang gekleidet wurde.

Als wir hereinkamen, hieß Wahuja mich zuerst näher treten, darauf in einem passenden Abstand Tongu, während er Toko bedeutete, neben der Tür sitzen zu bleiben.

Das wird eine teure Geschichte, dachte ich bei mir, da es so vornehm zugeht.

Wir begrüßten den König untertänig, der in höchster Gala auf seiner Matte saß – mit der kleinen Paradeaxt über der Schulter und dem Betelkorb am Arm. Den Strohhut, den ich ihm das vorigemal schenkte, hatte er auf dem Kopf und hinter ihm stand ein Mädchen, das statt des Fächers den Regenschirm über ihm aufgespannt hielt.

Er sah würdig und menschenfreundlich aus, aber nicht so familiär wie das letztemal.

Hu, es wird teuer, dachte ich wieder. Der alte Esel hat ihn natürlich instruiert.

Ebenso wie das vorigemal saß die Königin ein Stück hinter dem König auf einer Matte für sich; Wahuja aber war in die erste Reihe gerückt, ja er saß beinah vor dem König. Er war es offenbar, der die Verhandlungen führen sollte.

Nachdem der König uns Betel gereicht und wir eine entsprechende Zeit gekaut und gespuckt hatten, sagte er plötzlich: „Was wünscht der reiche Geber vom König?“

„Der reiche Geber“ und „König“ waren schlimme Zeichen. Ich fügte meine Worte hübsch und sagte, daß der arme Fremde, der auf dieser glücklichen Insel aus der Hand des Königs äße, so kühn gewesen sei, die Augen zu seiner Tochter zu erheben und daß er sie gern kaufen wolle, um durch sie dem König eine große Schar Nachkommen zu verschaffen, die sein Blut bis in ferne Zeiten verpflanzen und große Abgabenzahler für das königliche Haus werden konnten.

Ich hatte meine Rede probeweise am Abend vorher vor Tongu gehalten; er hatte sie in allen Punkten gutgeheißen, nur hatte er „Abgabenzahler“ für „Krieger“ vorgeschlagen, da er letzteren Ausdruck für veraltet hielt.

Der König kaute etwas auf meiner Rede und auf seinem Rest Betel. Dann spuckte er in weitem Bogen aus, darin ist er Meister – es flog ganz bis zur Wand, wo Toko saß – und sagte:

„Weshalb nennen meine Leute den Fremden, die braune Erde?"

Ich zog Wahuja mit einem vorwurfsvollen Blick zur Verantwortung. Bevor ich aber etwas erwidern konnte, wandte der Alte sich an den König und sagte: „Ich bin es, der dem Fremden geraten hat, Sorge zu tragen, daß er keinen Anstoß errege. Und weil die braune Erde sich den Sitten unseres Stammes unterworfen hat, haben die bösen Geister der Insel keine Macht über ihn, so daß er und die Seinen jetzt vor Zauberei geschützt sind."

Da geschah das Seltsame, daß die Königin, die ebenso wie das vorigemal unbeweglich dagesessen und mich angestarrt hatte, während sie die offenen Handflächen vor sich ausgestreckt hielt, daß sie diese plötzlich an sich zog, ihre dicken Lippen öffnete und sagte: „Wenn die Tochter des Königs dem Fremden Kinder gebiert und diese nicht die echte Haut bekommen, sondern eine falsche, die bei Regenwetter abgeht, dann wird des Königs Blut unrein werden bis in späte Zeiten."

Donnerwetter, ich hatte die Königin ganz vergessen. Jetzt war guter Rat teuer.

Tongu kam mir zu Hilfe. Er warf sich aus seiner sitzenden Stellung auf die Handflächen und sagte: „Wenn die Tochter des großen Königs zum Zauberer geht, falls sie schwanger wird, und ihn Purmea über ihren Leib ausüben läßt, dann wird ihre Leibesfrucht die echte Haut bekommen."

Die Königin aber war nicht auf den Mund gefallen: „Wahuja hat ja gesagt, daß die Geister dieser Insel keine Macht über den reichen Geber und die Seinen haben."

Tongu machte ein dummes Gesicht. Diesem Einwurf war er nicht gewachsen; und da saßen wir wie die Ochsen am Berge. Ich verfluchte meine Vergeßlichkeit, denn es war ja klar, weshalb auch die Königin meinen Spitznamen „der reiche Geber" gebraucht hatte.

Da kam Wahuja uns zu Hilfe. Eifersüchtig auf seine Alleingewalt ignorierte er die Königin vollständig, beugte sich zum König und sagte: „Der große König möge befehlen, daß der reiche Geber den Geistern seines eigenen Stammes, die ihm gehorchen und mächtiger sind als unsere, bitte, die Leibesfrucht der Tochter des Königs zu beschützen, damit sie die echte Haut bekomme."

Ich beeilte mich zu versichern, daß die Geister meines Stammes nichts lieber tun würden. Darauf verbeugte ich mich zu

Ehren der Königin und sagte: „Die Königin hat die Augen des Fremden durch ihre Schönheit groß gemacht. Nie hat er etwas Schöneres gesehen als den Schmuck um ihren Hals (sie trug das seidene Tuch von neulich; es war so gebunden, daß die Zipfel zwischen ihren Brüsten hingen); wie schön aber würde sie erst werden, wenn sie einen gleichen Schmuck in ihrem reichen Haar trüge, ebenso wie Sha Quwin*) (hierbei zeigte ich auf das Madonnenbild mit dem blauen Tuch auf dem Kopf). Einen solchen Schmuck will der Fremde der schönen Königin des Königs schenken. Und außerdem will er ihr eine neue Haut für ihre Hände geben, wie der weise Wahuja sie jetzt an seinen Beinen trägt; diese Haut aber soll weißer sein als der weiße Korallensand am Strande."

Meine weißen Handschuhe, die ich noch vom letzten Klubball liegen hatte, würden ihr sicher passen.

Die schläfrigen Augenlider der Königin hoben sich; ihre Augen wurden groß, ihre Lippen öffneten sich, und sie zeigte alle ihre braunen Zähne.

Damit hatten wir das Spiel gewonnen.

Der König ließ die Feierlichkeit fahren und sah milder drein. Er machte mir eine neue Portion Kautabak zurecht, nahm selbst eine, und wieder spuckten wir eine Zeitlang stillschweigend um die Wette.

Dann sagte er – und jetzt redete er mich statt mit einem meiner lästigen Titel: die braune Erde, der reiche Geber und so weiter, nur mit dem einfachen Du an: „Hast du meine Tochter auf deiner Matte gehabt?"

Ich bejahte es. Aber es war nur eine Formsache. Er hat es von Anfang an gewußt.

„Bist du sicher, daß ihr zueinander paßt, daß nichts im Wege ist, daß ihr Leib Früchte durch dich tragen kann?"

Das will sagen: wenn wir nun handelseinig geworden sind, darfst du hinterher nicht kommen und über verborgene Fehler klagen und das Geld zurückverlangen.

Ich antwortete bejahend, vermied aber jede Begeisterung, weil ich dadurch eine Preiserhöhung heraufzubeschwören fürchtete.

Ob ich ihr ein anständiges Haus bieten könne.

---

*) The Queen.

Der Schlauberger wußte es ganz genau. Die Stadt hatte während der letzten Wochen von nichts anderem gesprochen als von der Pracht, die wir mit dem neuen Haus entfaltet hatten.

Um der Sache ein Ende zu machen, erlaubte ich mir jetzt in schlichten Worten zu fragen, was Ali kosten solle.

Der König zog sich wieder in seine Würde zurück, während Wahuja mit seiner Matte vorrückte, bis er zwischen dem König und mir saß.

„Die jüngste Tochter des Königs", krächzte er, „ist 100 Pokon Tabu*) wert."

Na, ich danke!

Es war totenstill, während ich mich faßte. Ich konnte unter den halbgeschlossenen Augenlidern des Königs, der Königin und Wahujas sehen, daß sie intiefster Erregung auf meine Antwort warteten, obgleich ihre Mienen ganz ausdruckslos waren.

Tongu wagte nicht den Mund zu öffnen; aber ich konnte ihm ansehen, daß er den Preis unerhört fand.

Da faßte ich Mut und sagte: „Die Tochter des Königs ist sehr hübsch. Sie ist mehr wert als fünf weiße Frauen; für 100 Pokon Tabu aber kann der Fremde sich zwanzig Frauen seines eigenen Stammes kaufen. Darum, weiser Wahuja, kann der Fremde, der als reicher Geber auf die Insel kam, aber jetzt wegen seiner Gaben der arme Geber geworden ist, nur 50 Pokon für die jüngste Tochter des Königs bieten."

Eine peinliche Pause folgte, in der kein Laut zu hören war, außer Wahujas Kauen mit den Kiefern, wobei er seine Erwiderung vorbereitete.

Da verlor der König die Gebuld und brach das Schweigen: „Man hat mir gesagt, daß du ein Feuerrohr hast, das nur halb so groß ist als das andere."

Er meinte meine Pistole.

Ich war starr vor Staunen. Ich hatte sie nie auf der Insel benutzt. Sie hatte unberührt in meiner Schiffskiste gelegen;

---

*) Tabu bedeutet Geld, Vermögen, Gut. Die Münze besteht aus einer kleinen Muschel, deren Schale durchbohrt wird, so daß sie auf eine Rotangschnur gezogen werden kann. Eine Schnur, die von der Mitte der Brust bis an die Fingerspitzen reicht, faßt 160 Muscheln und wird ein Papar genannt. Zwei Papar heißen Pokon und bestehen folglich aus 320 Einheiten.

ich war der Meinung, daß nicht einmal Tongu von ihrer Existenz wußte.

Man hatte also meine Kaufkräftigkeit ausspioniert. Ich sah Wahuja fest an, aber er rührte sich nicht. Ich drehte mich zu Tongu um, er war ebenso unbeweglich.

Nach einer geraumen Weile entschloß Wahuja sich endlich das entscheidende Wort zu sprechen: „Wenn der weiße Mann dem großen König sein kleines Feuerrohr gibt, dann will der König ihm seine Tochter für 50 Pokon lassen."

Ich drückte den Preis noch auf 40 herab, in Anbetracht dessen, daß das kleine Feuerrohr eine ungeheure Seltenheit sei, die ihresgleichen nicht hätte.

Bevor wir abschlossen, machte Wahuja dem König gegenüber noch die bescheidene Bemerkung, daß dem armen Diener des großen Königs, Wahuja, zwei Pokon Tabu aus der Tasche des Fremden als eine Art Kommissionsgebühr entrichtet werden müßten.

Das aber konnte die Königin nicht ruhig mit anhören. Sie erhob wieder ihre Stimme und sagte, da ich keine Eltern hätte und Tongu Witwer sei und allein in seinem Hause wohne, so müsse Ali ihre Klosterzeit*) im Hause des Königs verbringen, wo sie – die Königin – sie unter ihren persönlichen Schutz nehmen wolle; dafür aber käme ihr eine Ehrengabe von zwei Pokon zu, die ich ebenfalls bezahlen sollte.

Und dabei blieb es.

Der König konnte seine Freude nicht verbergen. Auch die Königin strahlte vor Erwartung; und Wahuja schlich umher und durchkaute das gute Geschäft, das er gemacht hatte.

Wir bekanen ein üppiges Mahl, an dem dieses Mal nicht nur Wahuja, sondern auch Tongu, in Anerkennung seiner Mitwirkung an dem glücklichen Abschluß unseres Geschäftes, teilnehmen durfte.

---

*) Wenn ein junges Mädchen verkauft worden ist, verbringt sie, bis der Preis bezahlt ist und die Hochzeit stattfinden kann, ein Einsiedlerdasein in dem Hause ihrer Schwiegereltern, in dem ein Raum für sie abgeteilt wird. Sie darf nur vereinzelte Sachen essen und sich niemandem zeigen. Wenn sie gezwungen ist, hinauszugehen, wird sie in ein Nonnengewand von Pandangblättern eingehüllt. Die Verantwortung ihres Noviziates wird von einer dazu angestellten Frau übernommen, die dafür bei der Hochzeit Geschenke erhält.

Wir genossen das Leben und überboten einander in natürlichen Verdauungsäußerungen, während der König alle Zeremonien beseite ließ und mich mehrere Male gnädigst auf die Schienbeine trat.

Als wir uns schließlich zurückzogen, übersatt und übel von dem leicht gegärten Palmwein, begleitete Wahuja uns mit ausgesuchter Höflichkeit ein Stück Weges.

Ich fragte, wann die Hochzeit stattfinden könne, worauf er geschäftsmäßig antwortete: sobald der König das Geld bekäme, würde mir die Braut frei ins Haus geliefert.

Als ich mich schließlich unten am Strande von dem weisen Mann verabschieden wollte, merkte Tongu, daß der Alte noch etwas auf dem Herzen habe, und beeilte sich, mich zurückzuhalten.

Wahuja trippelte eine Weile auf seinen schlimmen Füßen hin und her. Dann kam es heraus.

Ob ich den Betrag auch habe? 44 Pokon sei ein großer, großer Tabu. Denn wenn ich ihn vielleicht nicht hätte, so würde er mir gern behilflich sein. Er habe einige gute Freunde, die Tabu liegen hätten. Und wenn ich den Betrag leihen wolle, so könne er ihn mir für ein Aufgeld von 1 Pokon für je 5 Pokon verschaffen.

Das wären also zwanzig Prozent. Ich nahm dieses Angebot für die Hälfte der Summe an, denn ich war mir gleich klar darüber, daß dies mit zum Preise gehörte. Lehnte ich die Vermittlung des Alten ab, so würde er sicher eine neue moralische Schwierigkeit finden.

Bevor er mich entließ, machte er mir noch ein Angebot. Wenn ich, um den Rest des Betrages zu schaffen, etwas aus meiner Schiffskiste verkaufen wolle, so wüßte er auch Leute, die hohe Preise bezahlen würden.

Ich sagte, daß ich es mir überlegen wolle, und dankte ihm natürlich für sein Wohlwollen und sein Interesse.

Schließlich verabschiedeten wir uns voneinander. Wir waren die besten Freunde und jede Herablassung von Wahujas Seite war wie fortgeblasen. Ich habe den Alten nie so vergnügt gesehen; er hüpfte und trippelte auf seinen wunden Füßen, mit den weißen Hosenträgern und den braungestreiften englischen Flanellbeinkleidern, die ihm bis an seine spitz hervorstehenden Schulterblätter reichten.

Als wir aber so weit fortgekommen waren, daß er uns nicht mehr hören konnte, brach Tongu plötzlich in Klagen aus. Wir hätten das Mädchen für die Hälfte bekommen können; er habe es dem König gleich angemerkt. Ich hätte nicht 50 Pokon bieten, sondern aufstehen und sagen sollen, daß es ja so viele hübsche Mädchen auf der glücklichen Insel gäbe. Da das Feuerrohr mit in den Kauf ginge, wären 20 Pokon mehr als genug gewesen.

Tongu kommt mit seiner Klugheit immer hinterher.

Elftes Kapitel
Glückliche Tage

Einen Monat später trat ich mit der Kaufsumme an, die Tongu und Toko in Körben trugen.

Wahuja empfing uns feierlich im Beisein des Königs und des ganzen Hofes.

Als die Zählung vor sich gehen sollte, winkte er den längsten Mann des Königs zur Zählungsarbeit heran; und als er unsere Paparschnüre von der Mitte der Brust bis zu den Fingerspitzen zu messen begann, zeigte es sich gleich, daß unser Maß ein gutes Stück zu kurz war, so daß unser Tabu, wenn dies gelten sollte, um ein Fünftel vergrößert werden mußte.

Das war zuviel für Tongu. Er fuhr mit hervorquellenden Augen in die Höhe und erklärte, daß wir es uns nicht gefallen ließen, daß der langarmigste Teufel des ganzen Königreiches uns als Eichmeister zuerteilt würde.

Wahuja erklärte, daß er das zu bestimmen habe.

Tongu, der in Geldsachen sehr genau und empfindlich ist, ließ es nicht an einer Antwort fehlen, ich hatte den gesetzten Mann noch nie so aufgebracht gesehen, und sie wären sich sicher in die Haare gekommen, wenn der König sich nicht großmütig mit unserem Maß zufrieden erklärt hätte, das genau Tongus Brustweite und Armlänge entsprach.

Als das Geld endlich bezahlt war, führte die Königin Ali in den Saal.

Sie war von Kopf bis Fuß mit Pandangblättern bedeckt, so daß sie geführt werden mußte.

Als sie von dem Klostergewand befreit worden war und mich nach einmonatlicher Trennung wiedersah, stieß sie einen Freudenschrei aus und flog auf mich zu, ohne die geringste Rücksicht auf die Etikette zu nehmen.

Der König knurrte, und Ali mußte zur Königin zurück, bis wir Männer den Kauf mit Betel besiegelt hatten.

Der König erbot sich, mir zu Ehren einen Festtanz zu geben, ich aber lehnte dankend ab, da ich sah, wie ungeduldig Ali war; und Wahuja meinte, daß man die Hochzeitsetikette einmal umgehen und das Festessen in Anbetracht dessen, daß ich kein echter Mahuramann sei, sparen könne.

Ich überreichte der Königin den versprochenen Kopfputz, die weißen Handschuhe und die Ehrengabe. Und endlich war Ali in einer gesetzmäßigen und vollgültigen Ehe die Meine.

Dann führte ich Ali heim.

Ihr Brautkleid waren frische, rote Blumen im Haar, in den Ohren und um den Hals. Dazu glänzte sie königlich über den ganzen Körper von fettem Kokosöl, während Brust und Arme in gelben Flammenstreifen mit Gelbwurz bemalt waren.

Als Ali ihr neues Heim sah, sprang sie mit einem Freudenschrei in die Luft und lief gleich um das Haus herum.

Dann kam sie zurück, legte die Arme um meinen Hals und konnte sich mit ihren großen, blanken Augen nicht satt an mir sehen.

Als wir schließlich auf unserer Matte zur Ruhe gekommen waren, preßte sie sich unter Lachen und Weinen an mich, der ich jetzt ihre ganze Welt war. Sie gab mir die seltsamsten Namen, von Fischen, Vögeln und anderen Dingen, die ich nicht kannte. Ihre Freude ging in Naturlaute über; und als sie nach und nach ruhiger wurde, erzählte sie mir weinend bis ins Kleinste alles, was sie an Kummer und Gram während der Trennung durchgemacht hatte.

Wir waren sehr glücklich, wir beide. Wir beide ganz allein. Des Morgens taumelten wir vor die Hütte wie zwei fröhliche, lichttrunkene Vögel, die Kehlen voller Lärm.

Wir zwitscherten in dem funkelnden Morgenlicht und konnten uns in der ersten Zeit nicht mal dazu entschließen unser Nest zu verlassen, um am Strande zu baden.

Wir saßen wie zwei Kinder und sahen den Hühnern zu, die Tarokrumen pickten, und amüsierten uns über die jungen Hähne, die mit den Flügeln zu schlagen und zu krähen versuchten.

Dann brachte sie das Feuer auf dem Herde zum Brennen, wählte die besten Taroknollen von unserem Speisebort, packte sie sorgfältig in frische Blätter und röstete sie auf den glühendheißen Steinen. Wenn sie fertig waren, brachte sie sie mir, zierlich auf Pisangblättern angerichtet, und füllte Kokosmilch für mich in eine leere Schale; sie selbst aber war nicht dazu zu bewegen, mitzuessen.

Sie hockte vor mir und genoß jeden Bissen, den ich in den Mund steckte, während ihr Blick den ausdruck in meinen Augen spiegelte und ihr Gesicht mein Mienenspiel getreulich widergab.

Sie zog sich scheu zurück, als ich sie zwingen wollte, mitzuessen. Sie liebte mich viel zu sehr, als daß sie mir, selbst wenn wir allein waren, die Schmach antun konnte, daß ein Weib in meiner Gegenwart aß.

Es dauerte lange, bis ich sie dzau überredete, mit mir zusammen zu essen. Sie fügte sich nur widerstrebend und fürchtete stets, daß sie dadurch etwas täte, was mir schaden könne.

Wir erweiterten gemeinsam den Grundbesitz um unsere Hütte. Wir pflanzten Taroknollen, lagen auf den Knien, den Rücken der Sonne zugekehrt, und teilten jede Freude, jede Mühe.

Während wir so Tag für Tag zusammen arbeiteten, erzählte sie mir alles, was sie wußte.

„Weißt du, woher die Taroknolle stammt?" fragte sie.

Das wußte ich nicht.

„Es saß eine Eule hoch oben in einer Kluft. Sie saß da so einsam und ohne Laut und ganz traurig. Die anderen Vögel kamen herbeigeflogen und wollten sie zum Lachen bringen; aber es glückte ihnen nicht. Die Krähe machte sich schwarz und der Honigvogel rot und die Taube setzte sich einen Höcker auf die Nase; aber es war alles vergeblich.

Da kam der kleine, grüne Papagei. Der tauchte in den Mangrovemorast, flog dann in die Höhe, setzte sich gerade vor die Eule und schlug mit den Flügeln, daß der Morast nur so um sie herumspritzte. Da mußte die Eule lachen. Sie öffnete ihren Schnabel und lachte; aber da fiel etwas aus ihrem Schnabel heraus, der Papagei fing es schnell auf und schluckte es hinunter.

Der Papagei flog seines Weges, kurz darauf aber ließ er seinen Abfall zu Boden fallen, und dazwischen war das, was die Eule aus ihrem Schnabel verloren hatte. Es keimte und eine kleine Pflanze wuchs daraus hervor; Menschen fanden sie; und das war die Taropflanze."

„Weißt du, wie die Menschen die Kokospalmen bekamen?" fragte sie, als wir bei Sonnenuntergang vor unserer Hütte lagen, müde und satt, und zu den hohen Kokospalmen in des Königs Hain, dessen Zaun an unser Besitztum stößt, hinaufstarrten.

Das wußte ich nicht.

„Es war einmal ein Mann, und sein Weib gebar ihm einen Sohn. Als er groß geworden war, schickte sie ihn fort, um Tauben mit seiner Schlinge zu töten. ‚Das will ich gern', sagte er, nahm sein Kanu und ruderte mit seinen Händen – denn damals gab es noch keine Ruder – nach einer kleinen Insel. Unterwegs aber wurde er mitsamt seinem Kanu von einem Haifisch verschlungen. Der Mann und das Weib weinten und jammerten die ganze Nacht; ihr Sohn aber kam nicht wieder. Nun hatte der Haifisch aber nur den Körper ihres Sohnes gefressen, nicht seinen Kopf, und eines Tages wurde er vom Meere an die Küste gespült, wo der Vater ihn fand und begrub. Die Mutter aber saß Tag und Nacht am Grabe und weinte und zerraufte sich das Haar; und ihre Tränen feuchteten das Grab, bis ein kleiner Schößling aus der Erde sprießte. Als der Mann und das Weib das sahen, schrabten sie ganz vorsichtig die Erde beiseite und fanden jetzt ganz deutlich die Nase, den Mund und die Augen des Knaben; sie hatten in der Erde Wurzel geschlagen.

Da sagte die Mutter: ‚Wir wollen ihn wachsen lassen und sehen, was daraus wird!'

Der Schößling aber wurde zu einem Baum, der Früchte trug.

Eines Tages fiel eine reife Frucht herab. Obgleich sie hart war wie eine Hirnschale, so öffneten sie sie doch und aßen, was darin war; die eine nach der anderen fiel herab, und sie schmeckten alle gut.

Auf diese Weise hatte der gute Junge uns Menschen den Kokosbaum gegeben."

Eines Tages fingen wir eine von den kleinen Schildkröten, die am Strande lag und sich sonnte.

Während wir sie nach Hause trugen, fragte sie: „Weißt du, weshalb ihr Rückenschild oben am Halse so kurz ist?"

Das wußte ich nicht.

„Es gab einmal ein Tier mit langen Hinterbeinen und kleinen Vorderpfoten*). Es war ein großes Tier und konnte weit, weit hüpfen. Jetzt gibt es keine solchen mehr. Bevor diese Geschichte sich aber zutrug, waren seine Vorderpfoten ebenso lang wie seine Hinterpfoten.

Eines Tages war das Langbein mit seinen Kameraden draußen auf dem Riff, um Fische zu fangen. Da kam die Flut; und die anderen beeilten sich zurückzukommen. Das Langbein aber blieb, hüpfte übermütig von Stein zu Stein und neckte die Fische, die mit der Flut kamen. Es sah nicht, daß es schließlich ganz vom Wasser umgeben war und nicht mehr an Land kommen konnte. Da weinte es und bat die Fische, mit ihm an Land zu schwimmen; sie aber sagten: ‚Vorhin hast du uns verhöhnt; nun hilf dir selbst!'

Schließlich nahm eine gutmütige Schildkröte das Langbein auf den Rücken und schwamm mit ihm zu Lande. Unterwegs aber nagte das Langbein das Schild seiner Retterin am Halse ab. Die Schildkröte wurde böse, und rächte sich, indem sie die Vorderpfoten des Langbeines, die es um ihren Hals geschlungen hatte, abbiß, bis sie ganz kurz waren.

Als sie nun den Strand erreicht hatten, sprang Langbein ab und sagte: ‚Sieh mal deinen Hals an, Schildkröte, wie nackt und uneben er geworden ist!'

Die Schildkröte aber antwortete: ‚Sieh mal deine Vorderpfoten an, Langbein, wie kurz sie geworden sind!' – so war es zugegangen."

Ali sah mich mit ihren großen Augen an, als sie geendigt hatte, und runzelte die Brauen, weil ich ein Lächeln nicht unterdrücken konnte.

Eines Tages hing Ali mir eine Schnur, die sie aus Kokosfasern gesponnen hatte, um den Hals. Sie war mit Kalk beschmiert und roch schlecht.

„Was soll ich damit?"

„Sie soll dich vor Krankheit beschützen! Ich bin damit beim Zauberer gewesen; er hat sie besprochen und beschmiert."

Ich konnte es nicht übers Herz bringen, die Schnur abzunehmen, da ich sah, wie froh und zuversichtlich sicher sie sie machte.

---

*) Wahrscheinlich das Känguruh. Es kommt jetzt nicht mehr auf der Insel vor.

Ali kann nicht leiden, daß ich ausspucke, wenn jemand anderes als sie es sieht. Sie predigt mir beständig, daß ich auf meinen Mumut*) achtgeben soll, und hat mich flehentlich gebeten, jede notwendige und natürliche Hinterlassenschaft zu bedecken, wie die Katzen es tun, damit niemand etwas findet, worüber man böse Zauberei üben kann.

Wenn wir bei Sonnenuntergang vor unserer Hütte sitzen und die Dunkelheit plötzlich hereinbricht, werden ihre Augen scheu, und sie zieht mich am Arm in die Hütte hinein. Und liegen wir des Nachts auf unserer Matte und erhebe ich mich, um dies oder jenes zu holen, was ich vor unserem Zaun vergessen habe, dann hält sie mich festumschlungen und fleht mit tränenerstickter Stimme, daß ich nicht hinausgehen möge. Wenn ich nicht nachgeben will, geht sie mit mir, und sie läßt meinen Arm nicht einen Augenblick los; denn wenn einer der bösen Geister der Verstorbenen, die tagsüber in der Brandung am Riff oder in den tiefen Mangrovesümpfen wohnen, des Nachts aber um die Hütten der Menschen schleichen, um sie zu umgarnen und krank zu machen, – wenn so einer kommen und Hand an mich legen würde, dann will sie mit umgarnt und krank gemacht werden.

Es gibt zwei Sorten Geister, wie Ali mich gelehrt hat. Die großen Geister des Königs, die die ersten waren, die die Insel in Besitz nahmen – sie kamen von Westen übers Meer und bebauten die Insel. Sie sind gut und ihnen gehört das kleine Haus, das abseits in dem Hain liegt, der an den des Königs grenzt und wo der Zauberer wohnt. Er verpflegt sie und stellt ihnen Nahrung in Schalen hin; deshalb hören sie seine Gebete und richten sich danach.

Außerdem aber hat die Natur ihre eigenen Geister, von denen einige gut und andere böse sind. Auch die kann der Zauberer beschwören.

Da ist einer, der auf dem Mond wohnt; man kann ihn dort sitzen und Schnüre aus Kokosfasern flechten sehen.

Da ist einer, der auf dem Abendstern wohnt, wo er schlechtes Wetter macht.

Der aber, der auf dem Morgenstern wohnt, macht gutes Wetter und bringt die Sonne zum Scheinen.

Auch die Milchstraße ist voller Geister, guter wie böser. Bisweilen fahren sie herab (Sternschnuppen) und holen einen Menschen, den sie sich ausersehen haben.

---

*) Siehe Anm. S. 67

In diesem Vogel wohnt ein Geist, in jenem ein anderer. Auch in Fischen und Bäumen wohnen welche. Einige von ihnen können sich den Menschen sichtbar machen. Ali hat mal einen am Strande sitzen sehen, der sich in der Sonne wärmte. Er hatte Haare über dem ganzen Körper.

„Man muß auf so viel, so viel achtgeben!" sagt Ali und blickt hilflos mit ihren großen Augen um sich. „Man weiß nie, ob nicht ein böser Geist in der Nähe ist und dich belauert."

Ich habe auch ein paarmal ernsthaft versucht, ihr diesen unglückseligen Aberglauben auszureden, wie an jenem Abend, als es mir glückte, sie und Toko in bezug auf die Meerwalzenzauberei zu beruhigen; aber sie wurde nur scheu, sah mich verwirrt und betrübt an, zog sich in sich selbst zurück und ahnte einen Augenblick den tiefen Unterschied unseres Wesens.

Später habe ich nicht wieder davon gesprochen, habe sie nur versichert, daß sie meinetwegen ruhig sein kann.

Aber sie ist es nicht. Sie wurde es nie. Und wer weiß im Grunde, was da ist und was nicht da ist.

Eines Tages hatte ich Fieber.

Ich zitterte vor Kälte. Es schwindelte mir vor den Augen. Ich mußte mich auf die Matte legen und mit allem, was ich in Fiebernot in meiner Schiffskiste finden konnte, zudecken.

Ali saß neben mir und betrachtete mich unverwandt mit ihren großen Augen, deren brennende Angst ich durch den Fiebernebel erkennen konnte und die ich nie vergessen werde.

Ich gab ihr meine heißen Hände zu halten; ich konnte fühlen, wie sie mit mir zitterte, während es in ihrer Kehle vor Angst und Atemlosigkeit gurgelte.

Sie begann von Geistern und von dem Zauberer zu sprechen. Ich wußte, daß sie die ganze Zeit nur darüber sann, ein Gegenmittel gegen die Zauberei zu finden, die irgendeine der Frauen, die mich ihr mißgönnte, über meinen Mumut ausgeübt hatte.

Schließlich bat ich sie Tongu zu holen, damit er Chinin aus meiner Schiffskiste hervorsuchen konnte. Er versteht sich etwas auf dergleichen, seit seinem Aufenthalt in Yap, wo eine Faktorei war.

Sie erhob sich sofort, stand aber lange, bevor sie meine Hände loszulassen wagte. Dann preßte sie sie heftig gegen ihre Brust und eilte davon.

Ich weiß nicht, wie lange ich allein lag; plötzlich hörte ich gedämpftes Sprechen von der Tür her und sah, wie eine hohe, spindeldürre, gebeugte Gestalt sich leisen Schrittes meiner Matte näherte, während Ali an der Tür stehen blieb und mit großen, ängstlichen Augen zu mir hinstarrte.

Ich hatte diesen Menschen noch nie gesehen. Als er sich über mich beugte, sah ich, daß zwei große Schildpattplatten an seinen Nasenflügeln hingen. Sein langer, schwarzer Bart, der in drei Flechten geflochten war, reichte ihm bis an den Magen.

Er begann über meinem Gesicht zu murmeln, so daß ich seinen Atem spürte.

Schneller und schneller murmelte er. Dann nahm er einen Fächer, der an seinem Arm hing, und fächelte mir damit so schnell er konnte das Gesicht, während er die Tonart wechselte.

Er befühlte meine Stirn und strich mir mit seinen harten Fingern über die Backen, ich war zu schlaff, um mich dagegen zu wehren.

Dann hockte er neben meiner Matte nieder und nahm eine seltsame Sache nach der andern aus seinem Korb.

Einiges davon roch stark. Ich glaube, es war Ingwer. Und Betel war da und verschiedene getrocknete Kräuter und Blätter, die ich nicht erkennen konnte.

Er begann alles durchzukauen, erst jedes Ding für sich, schließlich aber alles auf einmal. Dann spuckte er das Ganze in eine Kokosschale, streute gebrannten Kalk darauf und rührte es um. Diese seltsame Flüssigkeit schmierte er mir auf Brust und Arme. Während er strich und schmierte, murmelte er unablässig, bald in hohen, bald in tiefen Tönen, bald in schnellem, bald in langsamem Tempo.

Dann weiß ich nichts mehr, bis ich viele Stunden später erwachte – so matt, daß ich kaum einen Finger zu rühren vermochte, aber fieberfrei.

Ali saß noch ebenso neben mir wie vordem. Ihre Augen waren mit demselben brennenden Ausdruck auf mich gerichtet. Ich glaube, sie hatte sich während all der Stunden nicht von der Stelle gerührt.

Als ich die Augen aufschlug und sie ansah, stieß sie einen Freudenschrei aus und warf sich an meine Brust, während ihr starker, junger Körper von Schluchzen geschüttelt wurde.

Zwölftes Kapitel

Der erste Kummer

Eines morgens, als ich erwachte, saß Ali aufrecht auf der Matte, den Kopf zwischen die Knie gedrückt, und weinte, daß ihr ganzer Rücken bebte.

Ich zog ihr die Hände vom Gesicht, hob ihren Kopf und fragte, was los sei.

„Mir träumte, daß ich eine freudlose Witwe sei."

Dann warf sie sich über meinen Schoß und schluchzte.

Wir waren tags zuvor einer der freudlosen Witwen begegnet. Ikala heißt sie; Ein großes, dunkles Weib mit großen Muscheln in den Ohren und einem prachtvoll gefärbten Rock. Sie ging allein und wiegte sich in den starken, trägen Hüften, während sie eine eintönige Melodie sang, ohne ihre dicken, offenstehenden Lippen zu bewegen.

Ihre Augen streiften mich im Vorbeigehen mit einem seltsam unverhüllten und lockenden Blick hinter den schweren Lidern. Als sie Ali ansah, lächelte sie fast unmerklich, mit einem Anstrich von Verachtung in ihren hohen und tiefen Mundwinkeln.

Ali aber hatte den Blick und das Lächeln gesehen. Es machte einen tiefen Eindruck auf sie; sie war noch lange nachher schweigsam.

Jetzt hatte ihr also davon geträumt.

Ich tröstete sie, so gut ich's vermochte. Ihr Sinn aber ist so stark und unverfälscht, daß sie sehr schwer zu trösten ist.

Wer würde sich einen dummen Traum zu Herzen nehmen?

Weshalb sollte sie wohl eine freudlose Witwe werden?

Sie hob ihren Kopf und sagte, wobei ihre großen, verweinten Augen aufflammten: „Ich muß heute ins Frauenhaus!"

Ali ist zweimal dort gewesen, seit wir Mann und Frau geworden sind. Diesmal war sie in bebender Erwartung umhergegangen, denn es waren einige Tage über die gewöhnliche Zeit verstrichen. Nun mußte sie also dennoch dorthin.

„Ikala hat schuld, Ikala hat mich angesehen!" rief sie und begann sich die Haare zu raufen.

Ich lachte laut auf, sang und strampelte. Sie aber war nicht davon abzubringen.

„Sahst du nicht, daß sie mich anstarrte und lächelte?" fragte sie und rüttelte mich leidenschaftlich am Arm.

„Sie hat mich ja auch angesehen!"

„Ja", sagte sie nachdenklich, „sie hat dich auch bezaubert. Denn wenn du ein Kind haben solltest, müßte ich es ja auch bekommen."

Als ich sie nicht zur Vernunft bringen konnte, stand ich auf und ging aus der Hütte zum Zaun.

„Wo gehst du hin?" rief sie erschrocken und streckte die Arme aus.

„Zum Strande", sagte ich, „um zu baden."

„Geh nicht von mir!" flehte sie, „komm zu mir und lege deine Arme fest um mich."

„Ja, wenn du ruhig und vernünftig sein willst."

Sie sah mich lange und schmerzlich an. Dann trocknete sie ihre Augen und begann das Frühstück herzurichten.

Kurz darauf trat sie in die Tür, sah hinaus, ob ich noch da sei, und sagte: „Wie wird es dir ergehen, wenn ich nun ins Frauenhaus muß?"

„Wie ist es mir die früheren Male ergangen?" fragte ich und lachte. „Wenn ich nicht allein fertig werde, so wird Toko kommen und mir helfen."

Sie sah mich forschend an und sagte still: „Hast du zu deinen Geistern gebetet, daß ich ein Kind bekommen darf."

„Noch nicht. Aber ich will es gern tun. Es eilt ja nicht."

Sie sah mich erstaunt an.

„Es eilt nicht?" fragte sie treuherzig.

Ich streichelte ihr die Wange und sagte: „Wäre es denn solch großes Unglück, wenn du überhaupt keines bekämst?"

Sie zuckte zusammen, und ihre Augen flammten von neuem auf. Dann faßte sie mich heftig am Arm und sagte: „Du bist meiner überdrüssig, wenn du so sprichst."

Ich legte meinen Arm um sie und sah ihr ins Auge, bis sie verstand, daß ich jetzt wie stets glücklich durch sie war.

Aber tief in ihr seufzte es noch immer, und sie wiederholte mehrere Male: „Was solltest du mit einer Frau, die dir keine Kinder gibt?"

Als ich nicht antwortete, sondern sie nur noch fester an mich zog, fuhr sie fort: „Du kaufst dir eine Frau für einen großen, großen Tabu, und sie sollte dir keine Kinder geben?"

Sie warf den Kopf in den Nacken, sah mit einem harten, fast grausamen Blick vor sich hin und sagte mit veränderter Stimme:

„Wenn eine Frau keine Kinder bekommt, dann sagt der Mann: ‚Geh' deines Weges'!"

Sie machte eine Armbewegung, um ihre Worte zu veranschaulichen.

„'Ich habe dich gekauft, um Kinder von meinem Blut für mein Alter und für meinen Stamm zu haben. Geh' zu deinem Vater und sage ihm, daß er mir meinen Tabu zurückzahle. Dann werde ich ihm seine Tochter wiedergeben, damit er sie einem anderen verkaufen kann. Denn mir will sie keine Kinder geben.'"

„Und was dann?" fragte ich.

„Dann geht sie zu ihrem Vater", fuhr Ali fort; ihre Stimme wurde nach und nach die alte, und zuletzt zitterte sie vor unterdrücktem Weinen.

„'Was willst du?' fragt ihr Vater.

Ich habe dem Mann keine Kinder gegeben', sagt sie, 'nun schickt er mich zurück.' – 'Du böses Weib!' – Und er schlägt sie und gibt ihr mehrere Tage nichts zu essen. Dann sucht er nach einem Mann, der sie kaufen will. Aber keiner will ein Weib ohne Kinder haben. Einsam sitzt sie vor der Hütte ihres Vaters und webt Matten und weint; aber es kommt kein Mann zu einem Weib ohne Kinder."

„Und was weiter?" fragte ich und drückte sie zärtlich an mich.

„'Geh auf die Landstraße!' sagt ihr Vater, 'du freudlose Witwe, die du ohne Frucht bist. Geh, und mach' deine Künste den kraftlosen Alten und denjenigen vor, die kein Weib auf ihrer Matte haben."

Dann geht sie auf die Landstraße hinaus und schleicht um die Hütten herum; und wenn ihr ein einsamer Mann begegnet, dessen Weib im Frauenhaus ist, dann winkt sie ihm, zeigt ihm Künste, so daß er neugierig wird und sie besitzen will. Nachher gibt er ihr ein wenig Tabu, damit sie es ihrem Vater anstatt des großen Tabu geben kann, den er ihretwegen verloren hat. Und sie sucht die kraftlosen Alten auf, wenn sie zur Mittagstunde in der Sonne liegen und ihre Glieder wärmen. – So geht sie von Tür zu Tür, von Matte zu Matte, bis sie ihrem Vater seinen Tabu zurückgegeben hat."

Als Ali soweit gekommen war, warf sie sich auf die Erde und schluchzte herzbrechend: „Ich will keine freudlose Witwe sein!"

Ich hebe sie auf, nenne sie bei den schönsten Namen; bei den Namen ihrer Lieblingsvögel und Lieblingsblumen nenne ich sie.

„Nie im Leben werde ich dich zurückschicken, Ali."

Sie aber hebt den Kopf, sieht mich mit blitzendem Ernst an und sagt mit einer harten Stimme, die ihren Lippen einen Zug von grausamem Eifer gibt: „Solltest du, der du groß und gut bist, eines Weibes wegen ohne Kinder bleiben? – Dein Blut soll in deinen Kindern weiterleben und dein Alter soll durch Kinder hell sein; und du sollst mich töten, wenn ich keine bekomme."

Sie wirft sich mir an die Brust und verlangt, daß ich verspreche, sie zu töten, wenn sie keine Kinder bekommt. Lieber das, als wie die freudlosen Witwen werden.

Erst als ich es ihr versprochen hatte, bekam sie Frieden.

Dann begleitete ich sie zum Saum des Waldes. Weiter durfte ich nicht mit. Und wir nahmen Abschied, als sei es fürs ganze Leben. Ich stand und sah ihr nach, bis die Lianen sie meinem Blick entzogen hatten. Sie wandte sich nicht ein einziges Mal um.

Dreizehntes Kapitel

Winawas böse Augen

Während Ali im Frauenhaus war, lag ich eines Mittags und schlummerte im Schatten unseres Hauses.

Ich erwachte dadurch, daß etwas draußen vorm Bambuszaun raschelte. Als ich mich erhob, wurde es still. Dann raschelte es wieder etwas näher.

Ich eilte zur Pforte und öffnete sie.

Nichts war zu sehen; nachdem ich aber einen Augenblick verweilt hatte, kam Winawa längs des Zaunes daher.

Sie lächelte mir zu und kam dann näher mit dem langsamen, trägen Gang, der den eingeborenen Frauen eigen ist.

Sie stand eine Weile und sah mich mit ihrem seltsamen Blick, der im Takt mit ihrem Puls zu klopfen scheint, von der Seite an.

Als ich ihr zunickte, kam sie noch ein Stück näher und reichte mir die Hand.

Ihre Lippen bekamen einen bläulichen Schein, und ihre Augen wurden danz durchsichtig – das ist ihre Art zu erröten – dann zeigte sie mir, was sie in der Hand hatte.

Es war ein Stück Kawawurzel.

„Soll ich für dich kauen?“ fragte sie und schlug die Augen nieder, wie damals, als wir mit den anderen im Felde waren.

Sie reizt mich nicht mehr. Seitdem ich Ali in meinem Hause habe, reizt mich keine der anderen Mädchen mehr.

Ich habe Winawa in Verdacht, daß Alis Glück sie geblendet hat. Deshalb möchte sie sich von neuem mit mir einlassen. Toko ist übrigens sehr glücklich, sie auf seiner Matte zu haben; das würde er nicht sein, wenn sie sich wirklich nach mir sehnte. Aber sie ist trotz ihres Liebreizes eine neidische Natur.

Ich nahm die Kawawurzel und warf sie weit fort bis in den Kokoshain des Königs.

Winawas Mund schloß sich augenblicklich. Sie strammte die Lippen, so daß die feinen Falten sich glätteten. Dann ging sie in einem Bogen an mir vorbei, ohne mich aus den Augen zu lassen; und als sie ein Stück fort war, drehte sie sich um, sah mich mit einem giftigen Lächeln an und sagte: „Ich habe Purmea über dein Weib geübt, damit sie dir keine Kinder gebären soll.“

Dann schlug sie eine laute Lache auf und eilte so schnell sie konnte durchs Gehölz, ohne sich noch einmal umzuwenden.

Ihre Worte stachen mir ins Herz, wie sie beabsichtigt hatte, aber ich schlug sie mir schnell aus dem Sinn und ärgerte mich über meine eigene Dummheit.

Tags darauf kam Ali zurück.

Sie rief mir schon von weitem mit ihrer klaren, melodischen Stimme zu.

Ich eilte hinaus und konnte sie durch das Gehölz brechen hören, bevor ich sie noch sah.

Da war sie. Sie streckte mir ihre weitgeöffneten Arme entgegen, warf den Kopf zurück, so daß das Haar wie eine Wolke um sie stand und verzog den Mund von einem Ohr zum anderen.

„Du bist gut!“ rief sie. Das ist ihr gewöhnlicher Zärtlichkeitsausbruch.

Ich lief ihr entgegen und hob sie in meinen Armen hoch. Sie preßte sich fest an mich, und es lachte und weinte tief drinnen in ihrer Kehle.

Dann stürmte sie durch Haus und Hof, um zu sehen, wie ich mir geholfen hätte. Ihr Mund stand keinen Augenblick still. Sie rief die Hühner, gab ihnen Tarokrumen und sagte, sie könne sehen, wie die Küchlein gewachsen seien.

Sie stellte sich hin, mit den Händen in den Seiten und lachte, daß es nur so schallte, als sie entdeckte, daß ich die gerösteten Taroknollen mit meiner Axt statt mit der Kokosschale geschabt hatte, die ich nicht finden konnte.

Sie runzelte mißbilligend die Brauen, weil ich einige abgenagte Knochen von dem Küchlein, das ich gerupft und geröstet, auf dem Blatte liegen gelassen hatte. Das sei unvorsichtig, das sei mein Mumut; sie wollte, daß ich die Knochen mit ihr zählen sollte, um zu sehen, ob noch alle da seien oder ob jemand welche entwendet hätte, um Zauberei darüber zu üben.

Bei diesen Worten wurde sie plötzlich ernst. Sie vergaß die Speiseborte, faßte mich am Arm und erzählte mir, daß sie auf dem Wege zum Frauenhaus Winawa begegnet sei, die von dort gekommen wäre.

Sie wären gerade vor der Eingangstür zusammengetroffen. Ali schämte sich, daß sie noch ins Frauenhaus mußte, obgleich sie schon drei Monate verheiratet war. Sie wollte sich hinter einigen anderen, die gleichzeitig mit ihr kamen, vorbeidrücken. Winawa aber hatte sie schon gesehen.

„Sieh!" rief sie, „da ist das Weib der braunen Erde. Sie ist seit drei Neumonden verheiratet und kommt noch hierher. Was ist mit dir los? Hat die braune Erde dich schon einer anderen wegen satt oder hat jemand Purmea über deinen Leib geübt?"

Ali bezwang sich und ging an ihr vorbei, ohne zu antworten. Da rief Winawa: „Seht das verwelkte Blatt an, wie stolz sie ist. Ich bin es, die ihren Mumut gefunden hat, und jetzt ist sie so unfruchtbar wie ein Stein."

Ali schrie und wollte sich auf sie stürzen. Winawa aber war schon über alle Berge, nur ihr schallendes Gelächter war noch zu hören.

Jetzt begriff ich, weshalb Winawa zu meiner Hütte gekommen war; ich war froh, daß ich mich nicht mit ihr eingelassen hatte.

Ich konnte es nicht übers Herz bringen, Ali von ihrem Besuch zu erzählen.

Ali ließ mir keine Ruh, bevor ich versprach, mit ihr zum Zauberer Kabua-Kenka zu gehen, der das Haus der Geister*) hinter dem Kokoshain des Königs verwaltet.

---

*) Siehe S. 91

Zeitig an einem Morgen zog sie den neuen Lendenrock an, den sie sich geflochten hatte, ging zwischen die Bäume und pflückte frische Blumen für Haar und Ohren und rieb sich Haar, Brust und Arme sorgsam mit Kokosöl ein.

Es ziemt sich nicht, ungeputzt zum Zauberer zu gehen. Die Geister der Vorfahren, mit denen er verkehrt und die aus seiner Hand essen, könnten Anstoß daran nehmen und ihre Mitwirkung versagen.

Ich bekam eine Extrafärbung, damit die Geister meine fremde Haut nicht entdeckten und vielleicht davon abgeschreckt würden. Man wußte nie, wie ihnen der Kopf stand.

Ali setzte mir auseinander, wenn wir etwas versäumten und der Zauber nicht wirkte, dann würden wir uns hinterher heftige Vorwürfe machen und müßten das Ganze wiederholen.

Der Zauberer ist teuer. Er wird im voraus bezahlt und ist ganz ohne Verbindlichkeit in bezug auf die Wirkung. Wenn diese ausbleibt, ist es natürlich die Schuld des Kunden. Vielleicht hat dieser, als er zum Zauberer ging, das rechte Bein zuerst angesetzt, statt des linken. Oder er hat die Opferwaren für die Speiseschalen der Geister zu knapp bemessen.

Es wurde kein Frühstück verabreicht. Damit die Zauberei ordentlich wirken kann, muß man am liebsten nüchtern sein. Ali wich mir nicht von der Seite, damit ich mir nicht hinterrücks einen Bissen stibitzen sollte; sie kennt meinen leichtsinnigen Aberglauben.

Es half nichts, daß ich ihr versicherte, daß ich eine ganze Nacht lang die Geister meines eigenen Stammes beschworen hätte. Sie war froh und dankbar dafür, aber sie meinte, da sie es sei, die das Kind gebären solle, müßten auch ihre Geister Anteil an der Beschwörung haben. Sonst bekäme ich vielleicht ein Kind, aber sie nicht. Besonders jetzt, da es gälte, Winawas Purmea zunichte zu machen.

Vierzehntes Kapitel

Bei Kabua-Kenka im Hause der Geister

Ali war sehr feierlich gestimmt, als wir uns, jeder mit einem Korb voll Gaben und Tabu am Arm, auf den Weg begaben.

Da waren Eßwaren für die Schalen der Geister. Vier prachtvolle junge Hühner hatten wir geschlachtet; acht fliegende Fische und die besten Kokosnüsse, die wir auftreiben konnten.

Außerdem waren da zwei Pokon Tabu, die ich mir bei Tongu verdient hatte, indem ich sein Kanu mit europäischen Dekorationen bemalt hatte, wie sie ihresgleichen auf der Insel nicht finden konnten.

Während wir an dem Zaun um den Kokoshain des Königs entlang gingen, war Ali schweigsam. Als wir den Pfad erreichten, der durch das Gehölz zum Hause der Geister führt, fing sie an zu zittern.

Und als wir schließlich vor der Tür in dem unansehnlichen, schmutzigen Giebel standen, klapperten ihre Zähne vor Angst und Erwartung. Galt es doch ihr Leben, ja, mehr als das.

Der Zauberer war ein gefürchteter Mann. Wenn die Frauen kein Anliegen an ihn haben, machen sie einen großen Bogen um ihn herum, wenn sie ihn von Amts wegen mit seinem Fächer, seinem Korb und seiner zusammengefalteten Matte daherkommen sehen. Die Kinder schreien und flüchten wie Hühner, wenn sie seines langen, schwarzen, geflochtenen Bartes, der ihm bis an den Nabel reicht, ansichtig werden.

Ich mußte Kabua-Kenkas Namen dreimal rufen, bis er sich endlich in der Tür zeigte. Er nagte an einer Tarowurzel, wobei die Schildpattplatten in seinen Nasenflügeln gegeneinanderschlenkerten und klapperten.

Ich kannte von meiner Krankheit her die alte, gebeugte, spindeldürre Gestalt mit den hohlen Schläfen unter dem dünnen, weißen Haar.

Er betrachtete mich mit einem mißtrauischen, stechenden Blick, wie man denjenigen betrachtet, von dem man allerhand gehört hat und nicht recht weiß, ob man dem Gerede glauben soll oder nicht.

Seine schmutzigen Skelettfinger spielten mit den Bartflechten. Ali aber, die sein Mißtrauen sah, beeilte sich zu versichern, daß ich ein guter Mann sei, der den Geistern opfern wolle.

Dann hob sie den Korb und zeigte dem heiligen Mann die prachtvollen, jungen Hühner und die frischen Fische.

Der Alte schmatzte mit dem Mund; und ohne etwas zu sagen, machte er uns Platz, so daß wir in das Heiligtum eintreten konnten.

Es stank drinnen von unbegreiflichen Dingen, so daß einem ganz übel wurde. Ein Schwein grunzte leise in einer Ecke. Eine Ratte blieb vor einem Loch in der Bambuswand, durch das das Tageslicht hereinfiel, sitzen und starrte mich mit demselben mißtrauischen Blick an wie ihr Herr, bevor sie sich bequemte, davonzuschleichen.

Als ich mich an den Geruch gewöhnt hatte, fing ich an mich umzusehen. Unter der niedrigen Decke hing ein Bund getrockneter Blätter und Kräuter neben dem anderen. Die meisten kannte ich nicht; aber es waren auch getrocknete Betelblätter und Ingwer darunter.

Dann waren da kleine Stückchen Rinde, die an Rotangschnüren schaukelten. Und getrocknete Blumen, Drazänen, Hibiskus und viele, die ich nicht kannte. Von diesen rührte offenbar der gemischte, kräuterige Geruch her. Der erstickende und süßlich verdorbene Geruch aber kam von den großen Schalen aus gehöhltem Holz, die Seite an Seite neben einigen Holzblöcken standen, deren Bedeutung ich nicht verstand, bis es mir plötzlich klar wurde, daß sie so etwas wie Nasen und Arme und Beine hatten.

Das waren die Bildnisse der großen Könige.

Sie hatten durch jahrelangen Schmutz ein ehrwürdiges Ansehen bekommen, wie sie da längs der Wand aufgereiht standen, jeder mit einer Schale neben sich.

Es waren vier an der Zahl; zwei der Schalen waren leer; zwei der Geister aber hatten nicht aufessen können, und es lagen noch Reste von Tarobrot, halb abgenagten Fischen und Bananenfleisch da, die in Gärung übergegangen waren.

Ali warf sich vor dem größten der Holzblöcke auf die Hände nieder, ohne mich zu beachten. Sie murmelte etwas, das ich nicht verstehen konnte. Dann begann sie den Inhalt der Körbe in die Schalen zu entleeren. Sie teilte gleichmäßig aus, und jetzt verstand ich auch, weshalb vier unserer jungen Hühner das Leben hatten lassen müssen. Jeder der Geister der großen Könige mußte ja eines bekommen, damit keiner beleidigt würde und zuwiderhandelte.

Während die Opferung vor sich ging, hatte der Alte auf seiner Matte Platz genommen, von wo aus er dieselbe schweigend mit den Augen verfolgte.

Als Ali fertig war, blickte sie furchtsam zu ihm auf; als sie ein zufriedenes Blinken in seinen kleinen, stechenden Augen sah, sprang sie auf, strahlend erleichtert, und gab mir einen Puff.

Jetzt ergriff ich, unserer Verabredung gemäß, das Wort.

Ich sei mit meinem Weibe zu dem ehrwürdigen Priester und Zauberer der großen Geister gekommen, um ihn zu bitten, daß er mit der Zauberkraft und den Worten, die sein Vater ihn gelehrt hatte (das Amt ist erblich), ihren Leib bespräche, damit sie mir ein Kind gebäre, am liebsten einen Sohn. Ein anderes Weib hätte nämlich das Mumut meiner Frau verhext, so daß sie nicht schwanger geworden sei, obgleich wir schon über drei Neumonde verheiratet wären.

„Das kostet zwei Pokon!" sagte der Alte geschäftsmäßig und streckte die Hand aus.

Ali hatte sich offenbar nach dem Preis erkundigt; denn diese Summe hatte ich gerade bei mir.

Ich zahlte ihm den Betrag aus. Er nahm die Schnüre und hielt sie sich prüfend vor die Augen, die eine nach der anderen, während er die Muschelstücke durch seine steifen Finger gleiten ließ.

Dann legte er sie in seinen Korb, der neben ihm auf der Erde stand.

Wie ich erwartet hatte, bedeutete er mir, daß ich die Hütte verlassen solle; ich aber hatte schon im voraus bestimmt, daß ich der Vorstellung beiwohnen wolle.

Wenn ich auch ein felsenfestes Vertrauen zu Ali hatte und wenn Kabua-Kenka auch alt und häßlich und schmutzig war, selbst für den Geschmack der Eingeborenen, so konnte man doch nie wissen, was er Ali bieten konnte, die sich sicher voll blinden Vertrauens allem unterwerfen würde, was der Alte im Namen der Götter von ihr verlangte.

Statt hinauszugehen, hockte ich darum seelenruhig auf dem Fußboden nieder und begann mir einen Kautabak zurecht zu machen.

Der Alte sah mich verblüfft an, und Ali runzelte – trotz ihrer bebenden Angst mit dem Alten allein zu bleiben – die Brauen ob meiner Ungehorsamkeit. Da ich mich aber nicht vom Fleck rührte und tat, als ob alles in schönster Ordnung sei, glitt plötzlich der Schatten eines verständnisvollen Lächelns über das Gesicht des alten Räubers.

Er nahm eine Matte, die über einen Balken unterm Dach hing, machte mit dem Fuß auf dem schmutzigen Fußboden Platz, breitete die Matte aus und lud mit einer Handbewegung Ali ein, sich längelang auf den Rücken zu legen.

Dann nahm er einen der Holzgeister, dessen männliches Geschlecht deutlich war, und brachte ihn an dem Fußende der Matte an, während ein anderer, der ebenso deutlich von weiblichem Geschlecht war, hinter Alis Kopf gestellt wurde.

Ali zitterte am ganzen Körper. Ihr Blick suchte bebend vor Angst den meinen, als ob sie sagen wolle, daß sie merke, wie die Geister sie bereits von Kopf bis Fuß in Besitz genommen hätten.

Jetzt kam Schwung in Kabua-Kenka. Mit einer Schnelligkeit, die man den alten, steifen Gliedern nie zugetraut hätte, schnitt er Dreiecke in drei bis vier der Kokosnüsse, die wir mitgebracht hatten.

Während er etliche unverständliche Zauberworte zwischen den Zähnen hervorstieß, ebenso wie damals, als er in meinem Fieberanfall über mich gebeugt lag, goß er etwas von der frischen Kokosmilch über die Köpfe der beiden Holzgötter, die neben der Matte standen. Darauf trank er selbst einen Schluck, und schließlich flößte er Ali etwas ein, die gurgeln und husten und sich krümmen mußte, bevor sie die Flüssigkeit in ihrer liegenden Stellung herunterschlucken konnte.

Als das besorgt war, nahm er eine Holzschale von dem Bort unter der Decke, goß den Rest der Kokosmilch hinein und riß einige Blätter und Kräuter aus den Bündeln, die unter der Decke hingen. Es ging so schnell, daß ich nicht sehen konnte, was es war. Einiges davon steckte er in den Mund und kaute es, ohne jedoch mit dem Murmeln und Beschwören aufzuhören; und während er kaute, stellte er die Schale zwischen seine spitzen Knie, brach ein Stück von einer knochentrockenen Wurzel ab und tat sie hinein. Darauf rieb er einen harten Kokoskern gegen einen rauhen Stein, so daß der Puder in die Holzschale fiel; und zu allerletzt nahm er die Banane, die einer der Götter nachgelassen hatte, besprach sie, während er sie unter seiner Nase hin und her bewegte, bis seine Augen ihm aus dem Kopf traten, schwer und starr, als seien sie aus Blei.

Als das Kauen schließlich beendigt war, spuckte er in die Holzschale, die sich mit einer breiigen, dunkelbraunen Flüssigkeit füllte, die ich ganz bis zu mir hin riechen konnte und die mir Übelkeit verursachte.

Ich wurde von Ekel ergriffen und war im Begriff aufzuspringen, um ihn am Fortfahren zu verhindern.

Als ich aber zu Ali hinsah, lag sie unbeweglich wie ein Stein mit ausgestreckten Armen und Beinen da. Ihr Mund stand offen, aber die Augenlider waren geschlossen; und nur ein ganz leises Auf und Nieder der zarten Grube zwischen ihren Brüsten zeigte, daß sie noch atmete.

Ihr mystischer Schlaf nahm mich gegen meinen Willen gefangen. Ich blieb atemlos sitzen und wartete.

Ohne auch nur einen Augenblick in seinem Murmeln innezuhalten, das wie das Schnarchen von vereinigten Lippen-, Nasen- und Kehllauten stieg und fiel, legte er sich nun neben sie auf die Knie.

Seine steifen Finger, die vor Erregung zitterten, umfaßten ihre Lenden und drehten sie halb herum, damit er ihren Rock lösen konnte.

Dann ergriff er die Holzkumme, schwang sie ein paarmal von vom einen Gott zum anderen und goß darauf mit einer plötzlichen Bewegung den ganzen Inhalt über ihren Leib.

Ich war nicht imstande, ein Glied zu rühren. Meine Augen standen mir starr im Kopf und sahen alles durch einen Nebel. Es ist ja Blödsinn, sagte ich mir selbst unablässig, um mir mit einem inwendigen Lächeln darüber hinweg zu helfen; weiter aber kam ich nicht, und der Gedanke wurde zu toten Worten.

Ich sah ihn rascher, als es sich beschreiben läßt, den Brei über den Unterleib streichen; und als sie ganz davon bedeckt war, begann er sie mit seinen flachen Händen, im Takt mit seiner Erregung, die immer wilder und drohender wurde, zu reiben, bis sie wie im Krampf bebte.

Es zuckte gewaltsam durch ihre Knie. Die Beine krümmten sich, die Füße bogen sich mit krampfartig eingezogenen Zehen. Dann begann der Unterleib sich im Takt mit seinen Streichungen zu heben und zu senken.

Ihre Brust wogte vor Atemnot; die geschlossenen Augenlider zitterten; die Nasenlöcher kämpften nach Luft, während es von ihren Schultern durch die Arme zog, die sich nach den Bewegungen des Alten reckten oder schlaff wurden.

Es begann in ihrer Kehle im Takt mit der Bewegung zu gurgeln. Das schnarchende Murmeln und das Streichen wurden schneller und gewaltsamer. Ihr Körper und ihre Stimme folgten ihnen im Takt wie ein Schatten, wie ein Echo, bis er plötzlich die Hände an sich zog, schwieg und an ihrer Seite niederkauerte.

Im selben Augenblick rissen die gespannten Saiten in ihrem Körper. Ihr Schnarchen löste sich zu einem langgezogenen Klagelaut auf, während Körper und Glieder in einer plötzlichen Erschlaffung wie ein lebloses Bündel zusammensanken.

Der Alte trocknete sich seine schweißtriefende Stirn. Der Nebel lichtete sich vor meinen Augen, der Druck wich von meiner Stirn; Ali aber lag noch leblos da, mit einem feinen, weißen Schaum in den Mundwinkeln.

Dann beugte er sich wieder über sie, reinigte ihren Unterleib sorgfältig von der übrigen Flüssigkeit, die noch nicht in die Haut eingerieben war, breitete den Rock über die Lenden, öffnete noch eine Kokosnuß, hob ihren Kopf und goß ihr etwas Kokosmilch zwischen die Zähne.

Ali erwachte, sah sich mit großen, bleischweren Augen um, die sich auf nichts in der Welt besinnen konnten.

Erst als der Alte zu ihr sprach, sie fragte, ob sie müde sei, ob sie Schmerzen habe, kam sie langsam zur Besinnung. Und als ihr Blick endlich auf mich fiel, der ich mich ihr nun nähern durfte, öffneten ihre matten Hände sich, um sich mir entgegenzustrecken; und der Mund ließ die Zähne in einem glücklichen Lächeln sehen.

Fünfzehntes Kapitel
Ein Kind in Erwartung

Seit dem Tage beim Zauberer ging Ali mit Zuversicht und seliger Erwartung in ihren großen Augen umher.

Ich dagegen dachte mit Besorgnis daran, was geschehen würde, wenn die Zauberkraft nicht die gewünschte Wirkung hätte.

Ihr Gemüt ist so stark, sie hängt mit allen Sinnen an dem, was einmal von ihr Besitz ergriffen hat – sei es Hoffnung oder Haß – daß ich befürchtete, sie könne gleichsam verbluten, wenn das, woran sie ihr Herz gehängt hat, fehlschlägt.

Ich versuchte mehrere Male, sie auf eine Enttäuschung vorzubereiten, sagte, wie gut wir beide es zusammen hätten, wir beide allein, wenn wir in dem Schatten unseres Hauses lagen und zu den wehenden und schwankenden Kokoskronen hoch über den schlanken Stämmen des Königshaines hinaufblickten, während wir dem gedämpften Atemzuge der Brandung beim Riff lauschten.

Ich glaubte, es sei die Furcht, zurückgeschickt zu werden, wenn sie mir kein Kind gebäre, die sie so stark bewegte. Deshalb versuchte ich sie bei jeder Gelegenheit zu überzeugen, daß ich sie gar nicht entbehren könne. Wie sollte es mir wohl in Haus und Hof und Tarofeld ergehen, wenn sie mal stürbe oder mich verließe?

Sie sah mich mit strahlenden Augen und weit geöffneten Lippen an, wenn ich so etwas sagte. Wenn ich dann aber fortfuhr, daß ein Kind nur eine Last sei und daß sie es statt meiner versorgen müsse, schlossen ihre Lippen sich augenblicklich, und ihr Blick wurde dunkel und verständnislos.

„Wie kann ich dich deines Kindes wegen vergessen?“ sagte sie, „du bist es ja, den ich gebäre.“

Sie blickte nachdenklich vor sich hin. Dann ging ein Aufleuchten über ihr Gesicht. Sie nahm meine Hand und sagte: „Vergesse ich deine Hand seines Kopfes wegen?“

Dann wurde sie wieder ernst und sagte, als sei es die natürlichste Sache von der Welt: „Wie könnte ich dich für alle Zeiten behalten, wenn ich dich nicht in mir aufnehmen und dich gebären darf?“

Ich schloß sie in meine Arme und flehte alle guten Mächte an, daß ihr keine Enttäuschung bereitet werden möge.

Wie es kam und wer half, das weiß ich nicht zu sagen. Aber einen Monat nach ihrem letzten Aufenthalt im Frauenhaus entdeckte Ali, daß sie schwanger sei.

Sie, die die Freude schon auf Vorschuß genossen hatte, nahm die Tatsache wie die natürliche Bekräftigung einer sicheren Hoffnung. Ich aber war überrascht und glücklich.

Ali wurde still und nachdenklich. Sie bewachte sich selbst und saß oft mit den Händen im Schoß, den Blick geistesabwesend ins Leere gerichtet, als lausche sie beständig.

Sie erlaubte mir nicht, daß ich ihr bei ihrer Arbeit half. Sie versorgte ihre täglichen Pflichten mit der größten Gewissenhaftigkeit. Des abends aber, wenn wir uns in den Schatten vor unserem Hause streckten, die Hände unterm Kopf verschränkt, wich ihr Blick nicht von mir.

Jedesmal wenn ich den Kopf drehte, sah ich in zwei Augen, die von einem so sicheren und unbeschränkten Glück leuchteten, daß es mich gleichsam hob und trug. Ich habe diesen Ausdruck nie in den Augen eines anderen Menschen gesehen. Der Augen meiner Mutter erinnere ich mich nur ganz dunkel.

Eines morgens fing Ali einen unserer jungen Hähne. Während er schrie und nach ihr hackte, klemmte sie ihn zwischen ihre Knie und riß ihm zwei von seinen Schwanzfedern aus, eine grüne und eine rote.

Dann ließ sie ihn laufen und kam freudestrahlend auf mich zu, mit beiden Federn im Haar.

„Weshalb hast du das getan?“ fragte ich.

„Dann wird es ein Sohn!“ sagte sie, „das hat mir geträumt.“

Ali unternahm nichts, ohne vorher zu überlegen, ob es möglicherweise „ihm“ schaden könne.

Sie vernichtete sorgfältig jede Spur von sich selbst, ließ nie einen Mundvoll übrig, verbrannte die Knochen und Gräten von den Hühnern und Fischen, die sie abgenagt hatte, und ging so wenig wie möglich vor unseren Bambuszaun, damit ihre Fußspuren nicht von einem Neidischen, Mensch oder Geist, gefunden würden, der dadurch das Kind in ihrem Schoß behexen konnte.

Sie hatte als Kind im Hause des Königs durch das Geschwätz der Weiber gehört, wenn eine schwangere Frau sehr viel Yamswurzel äße, so würde das Kind lang und dünn. Deshalb rührte sie sie nicht an.

Von Taro dagegen würde es kurz und dick. Darum aß sie auch davon nicht.

Wenn die Mutter aber Fisch aß, bekam das Kind einen guten Verstand. Und von Hühnerfleisch bekam es einen starken Willen. Darum lebte sie meistens von Fisch und Hühnern; außerdem von Bananen, die dem Kinde ein mildes und ruhiges Gemüt geben sollten, und Kokoskerne und Kokosmilch, die gute und reichliche Milch gaben.

Schweinefleisch wagte sie nicht zu essen, weil sie von einer Frau gehört, die ein Kind zur Welt gebracht, das Schweineborsten statt Haare auf dem Kopf hatte.

Die Tage vergingen in einer langen und glücklichen Reihe.

Wir hatten einen guten Monsumwechsel mit viel Windstille, hin und wieder etwas Regen, aber fast keinen Sturm. Einen richtigen Wirbelsturm hatten wir in der ganzen Zeit, während ich auf der Insel war, überhaupt noch nicht gehabt.

Eines nachts erwachte ich dadurch, daß Ali mich am Arm rüttelte.

„Was ist los?" fragte ich noch halb im Schlaf.

„Er hat sich gerührt!" sagte sie mit einer Stimme, die vor Bewegung zitterte, „hier, gerade unter meinem Herzen hat er sich gerührt."

Sie nahm meine Hand und legte sie unter ihre linke Brust. Ich konnte nichts fühlen außer der Bewegung ihres Zwerchfelles beim Atemholen.

„Jetzt hat er sich wieder bewegt!" sagte sie und legte sich still nieder, „hast du es nicht gefühlt?"

„Doch", sagte ich, um sie zu erfreuen, als ich aber am Einschlafen war, hörte ich ein heißes Weinen in ihrer Kehle gurgeln.

„Weshalb weinst du?" fragte ich und nahm ihre Hand.

„Ich weine, weil er sich gerührt hat!" sagte sie und fuhr fort, ihre ersten mütterlichen Tränen zu weinen.

Es waren Freudentränen.

Sechzehntes Kapitel

Die freudlose Witwe und die Niederkunft

Als die Zeit herankam, wo Ali stark und unbeholfen wurde, ging sie still und in Gedanken versunken umher.

Sie lächelte mir zu, wenn ich mit ihr sprach, aber sie antwortete nicht.

Eines nachts stand sie auf, nahm die eine Schlafmatte und richtete sich einen Schlafplatz für sich allein ein.

Ich wurde ärgerlich darüber und wollte sie wieder an meiner Seite haben; sie aber sah mich mit einem scheuen und bittenden Blick an.

Als ich meinen Arm um sie legte, löste sie ihn sanft und rollte sich auf ihrer Matte zusammen.

„Nein – nein!" bat sie.

Ich konnte ihrer Stimme anhören, daß sie mit sich kämpfen mußte, um mich zurückzuweisen.

Ich war so daran gewöhnt, sie an meiner Seite zu haben, daß ich ärgerlich wurde und nicht umhin konnte, ihr Benehmen als eine unzeitige Laune zu betrachten.

Eines abends sagte ich es ihr mit zornigen Worten. Sie antwortete nicht; kurz darauf aber hörte ich ein Schluchzen in ihrer Kehle gurgeln; noch im Schlaf wurde sie davon geschüttelt.

Am darauffolgenden Abend, als wir uns beim Sonnenuntergang erhoben, um ins Haus zu gehen und uns schlafen zu legen, stand sie lange und sah mir mit einem großen, betrübten Blick forschend ins Auge.

Dann legte sie die Arme um meine Schultern und sagte mit einem tiefen Seufzer: „Weshalb gehst du nicht zu Ikala?"

„Niemals!" antwortete ich und sah sie vorwurfsvoll an.

„Das tun doch die anderen Männer!" sagte sie und lächelte wehmütig.

Ich lag noch lange wach und dachte an die aufopfernde Liebe, die sie dazu gebracht hatte, selbst die freudlose Witwe zu nennen.

Ich wußte wohl, daß es Sitte und Brauch war, daß die Männer an anderer Stelle Liebe suchten, wenn ihre Frauen krank waren. Mit mir und Ali aber dünkte es mich etwas ganz anderes zu sein.

Einige Zeit darauf begegnete mir, als ich vom Strande kam, wo ich gefischt hatte, Ikala.

Sie schlenderte an meinem Zaun vorüber, als suche sie jemanden.

Als sie mich kommen sah, wandte sie sich hastig um. An ihrem großen, einladenden Blick, den sie auf mich richtete, während sie ihre Lippen mit ihrer roten Zungenspitze feuchtete, sah ich, daß ich es war, den sie suchte.

Jetzt begriff ich die Arbeitsweise der freudlosen Witwen. Sie verschaffen sich zu wissen, was in den Hütten vorgeht, und wo Gebrauch für sie ist, da treten sie von selbst an. Man braucht sich nicht einmal dazu zu überwinden, sie aufzusuchen.

Ohne ein Wort zu sagen, ging sie langsam an mir vorbei, während sie sich in ihren starken, trägen Hüften wiegte. Sie verwandte keinen Blick von mir, und es lag eine so eigentümliche Macht in ihren Augen, daß ich ihr unwillkürlich folgte.

Sie reizte meine Neugierde, so daß ich mit zu ihrer Hütte ging, die abseits liegt, hinter einem hohen Yamsgebüsch verborgen, das den ganzen Zaun umschlingt.

Die grüne Üppigkeit der großen Blätter warf einen dichten Schatten über den kleinen Hof, der rein und gut gehalten war.

Sie bot mir drinnen im Hause einen Platz auf einer Matte an, die von Reinlichkeit glänzte. Dann nahm sie, noch immer ohne ein Wort zu sagen, eine Kawawurzel vom Bort, legte sich auf den Rücken, öffnete den Mund und zeigte mir zwei Reihen blanker, brauner Zähne und einen Gaumen, der rein und frisch war.

Ich riß ihr die Kawa aus der Hand und richtete sie auf.

Mochte ihr Mund auch noch so frisch sein, sie sollte nie und nimmer Kawa für mich kauen. In einem Rausch, wie der, den Winawa mir im Felde bereitete, würde ich ganz in ihre Gewalt geraten.

Sie blickte mich mit einem herausfordernden Lächeln an und mit jenem Zug von kaum unterdrückter Verachtung in den Mundwinkeln, den ich schon das erstemal, als ich ihr begegnete, bemerkt hatte.

Mit ihrer tiefen Stimme vor sich hinsummend, erhob sie sich und nahm eine Kokosschale vom Bort. Sie enthielt Meerwalzen, gekocht und getrocknet, wie ich sie mal auf Yap zu Mittag bekommen hatte.

Sie nahm selbst eine und steckte sie in den Mund, bevor sie mir die Schale reichte.

Ich aß eine; sie war ausgezeichnet. Ich nahm noch eine; und eine dritte.

Ihr Blick ruhte unverwandt auf mir, groß und unverhüllt. Ihr Summen wurde zu einem Knurren tief drinnen in der Kehle, das seltsam einschmeichelnd und verlockend klang.

Es war eher Neugierde als Lust, das mich zurückhielt.

Die Sonne ging unter. Ich war wohl ein paar Stunden bei ihr.

Tongu hatte mir bereits dies und jenes von den freudlosen Witwen erzählt, das meine Neugierde geweckt, die Wirklichkeit aber überstieg bei weitem das, was ich mir vorgestellt hatte.

Ich hab' mich später oft gewundert, daß das enge Zusammenleben mit der Natur die Eingeborenen nicht ganz von dieser Erniedrigung auf geschlechtlichem Gebiet verschont, die ich für eine der vielen zweifelhaften Früchte der Zivilisation gehalten hatte.

Ich schämte mich vor mir selbst und vor Ali und ging lange im Mondschein am Strande hin und her, bevor ich mich zur Heimkehr entschließen konnte.

Als ich meinen Zaun erreichte, hörte ich Stimmen von drinnen. Es war Alis Stimme und eine fremde, die ich nicht kannte.

Ich hielt den Atem an und lauschte.

Die andere war auch eine Frauenstimme. Im selben Augenblick durchfuhr es mich: Ali ist krank geworden und die Geburt hat schon begonnen.

Ich eilte hinein.

Ali lag im Mondenschein in der offenen Tür und klammerte sich mit ihren Armen um den niedrigen Pfosten.

Hinter ihr saß eine Frau, deren Züge ich nicht zu unterscheiden vermochte, weil Ali sie beschattete.

Sie lag auf den Knien und stützte Ali die Hüften.

Ali krümmte sich. Ihre Augen irrten unruhig und wild in den Höhlen; aber es drang kein Schrei von ihren festgeschlossenen Lippen.

Als sie meiner im Mondlicht ansichtig wurde, heftete sie ihren Blick auf mich wie ein verwundetes Tier, das bereits fern vom Leben ist. Aber sie sagte nichts. Ihre Seele war bei dem neuen, starken Leben, das sich aus ihrem Innern zum Licht hervorkämpfte.

Die fremde Frau zog ihre Hände zurück, beugte sich zu mir und winkte mir entsetzt mit beiden Armen, daß ich fortgehen solle.

Da ich statt dessen näher kam, sah ich, daß es Alis Mutter war, – sie, die Ali damals beim König im Nacken gepackt und fortgeschubst und sie später zum Gemeinschaftshaus begleitet hatte. Meine Schwiegermutter.

Wie es zugegangen war, daß sie hier bei Ali saß, die während der letzten Tage unseren Hof nicht verlassen und niemand außer mich zum Schicken gehabt hatte, das begriff ich ebensowenig, wie daß Ikala vor einigen Stunden wußte, daß es an meinem Zaun eine Chance für sie gab. Das ist ein Zeichen für den rätselhaften, untrüglichen Instinkt, der die Eingeborenen leitet.

Als ich keine Miene machte, mich fortzubegeben, ja, sogar näher an Ali herangehen wollte, sprang die Alte auf, eilte auf mich zu und sagte mit zornigen Augen: „Weißt du nicht, daß kein Mann zusehen darf, wie eine Frau gebiert?"

Ich zögerte, unentschlossen, was ich tun sollte. Als ich aber Ali ansah, sandte sie mir einen bangen Blick, der deutlich genug von Abschied sprach.

Da ging ich vor den Zaun hinaus.

Voller Angst stand ich auf dem Sprung, um beim ersten Schrei hineinzustürmen. Aber da wurde meine vollkommene Hilflosigkeit mir plötzlich klar. Ich sah ein, daß ich nur im Wege sein würde und daß Ali in keinen besseren Händen sein konnte als in denen, die sie getragen hatten, als sie selbst das Licht erblickte.

Ich hielt den Atem an und lauschte auf jedes Rascheln, jedes Murmeln, während ich beschämt die Erinnerung an die Stunden bei Ikala verscheuchte.

Ich konnte dieses angespannte, untätige Lauschen nicht lange ertragen und begann zwischen dem Zaun und dem Tarofeld hin und her zu gehen; aber nicht weiter fort, als daß ich jeden Ruf von drinnen hören konnte.

Ich hätte viel darum gegeben, wenn Ali nach mir gerufen hätte; aber es kam kein Laut.

Mehrere Stunden lang schlich ich so umher, bis meine Nerven wie Saiten bebten und meine Knie zitterten, während das Mondlicht die langen Streifen- und Netzwerkschatten der Lianen über den Weg warf.

Da endlich erklang ein Schrei. Wie ein Blitz nach stundenlanger, unheilverkündender Schwüle brach er durch die Stille.

Ein vereinzelter, schneidender Schrei. Nicht wie der eines Menschen in Angst und Not, sondern wie der eines Tieres.

Einige Tauben flatterten verwirrt aus einer dunklen Baumkrone auf. Von irgendeiner Hütte fing ein Hund an zu bellen.

Noch ein Schrei – heiß und wild – der mir den Atem vor Angst stocken machte. Und noch einer, der schwoll und schwoll, bis er abbrach, um in einer langgezogenen, erlösten Klage zu verlaufen.

Da krähte eine kleine, kräftige Stimme ins Leben hinaus.

Meine Spannung löste sich so heftig und gewaltsam, daß ich in Tränen ausbrach, während ein unbeschreibliches Glücks- und Siegesgefühl mich durchbrauste.

Ich stürmte zum Zaun und schrie: „Ali!" Die Tür aber war verschlossen und niemand antwortete mir.

Lange stand ich und lauschte. Hin und wieder konnte ich das gesegnete Krähen hören; jetzt aber klang es gedämpfter, so daß ich mir sagen konnte, daß Ali auf ihre Matte getragen und die Haustür geschlossen worden sei.

Dann begann ich wieder vom Zaun zum Tarofeld hin und her zu laufen.

Als es aber über dem Meere zu dämmern begann, als der Himmel zu einem einzigen bleichen Opal wurde, da lief ich zum Strande hinunter und wartete stolz und voller Jubel auf das erste Strahlenbündel.

Ich erinnere mich nicht mehr, was ich dachte und was ich gelobte, denn ich glaube, ich gelobte irgend etwas. Aber ich streckte der Sonne meine Arme entgegen und war glücklich.

Siebzehntes Kapitel

Eine glückliche Familie

Ich war mehrere Male in dem frühen Morgenlicht am Zaun, wagte aber nicht zu rufen, um Ali nicht zu stören. Ich wartete vergeblich darauf, daß die Alte von selbst kommen und aufschließen würde.

Da endlich hörte ich sie an der Tür rascheln und eine Matte gegen den Pfosten ausklopfen, worauf ich sie laut und ungeduldig anrief. Und endlich wurde ich in meinen eigenen Hof hereingelassen.

Meine Schwiegermutter zeigte alle ihre Zähne, strich mir über den Arm und sagte: „Ein Sohn für dein Alter und deinen Stamm!"

Ich sah mich vergeblich nach etwas um, das ich ihr geben konnte.

„Du sollst einen großen Tabu bekommen!" sagte ich und lief an ihr vorbei zur Tür.

Als ich ins Haus kam, war der Raum sorgsam in zwei Abteilungen geteilt. Alles, was wir an Matten besaßen, hatte die Alte mit Bast zu einer Scheidwand zusammengeheftet.

Jetzt erst erinnerte ich mich der verfluchten Sitte, daß ein Mann seine Frau nicht sehen darf, bevor sie aufgestanden und gebadet ist.

Ich kümmerte mich den Teufel um ihre Sitten und wollte unter der Scheidewand hindurchkriechen; da aber packte die Alte mich mit einem festen Griff an der Schulter und verbot mir mit zornigen Worten und heftigen Gebärden hineinzugehen.

„Willst du ihr Leben verbluten?“ zischte sie.

Ich gab ihr schöne Worte, pries ihre Tochter und ihr Geschlecht bis in späte Generationen und ferne Vergangenheiten, bis sie sich schließlich bewegen ließ, mir meinen Sohn zu zeigen.

Sie schlüpfte unter die Matte hindurch. Ich hörte ein Rascheln, einen kleinen Krählaut; und einen Augenblick später tauchte sie mit einem Bündel auf, das in Alis neuen Lendenrock gewickelt war.

Sie nahm die Hülle ab und hielt mir einen kleinen, runden, zitternden Körper entgegen, ganz hellbraun und mit zartem Flaum bedeckt.

„Gute Form!“ sagte meine Schwiegermutter und zeigte stolz auf seinen Kopf.

Indem ich den kleinen Körper vorsichtig nahm, funkelten mir zwei große Augen entgegen. Alis wunderschöne Augen, nur einen Schein heller. Sie sahen und sahen doch wiederum nichts, etwas verwundert erschienen sie mir, und vielleicht etwas ärgerlich.

Dann begann er den Mund zu bewegen, wie ein junger Hund, der das Futter sucht. Die runden Händchen schlugen und griffen durch die Luft, und als sie das Runde, Weiche, was sie erwarteten, nicht fanden, kniff er die Augen zusammen und fing laut an zu krähen. Meine Schwiegermutter beeilte sich, ihn zu beruhigen, um Ali nicht zu wecken, warf ihm den Rock über den Kopf und verschwand mit ihm unter der Matte.

Da hörte ich, wie Ali sich drinnen bewegte und seufzte. Ich hörte sie tief atmen und erwachen. Ich hörte ihre Stimme leise rufen. Dann fühlte ich, daß das Kind in ihre Arme gelegt wurde. Ich hörte den saugenden und knurrenden Laut des Kleinen, der sich an die Quelle seines Lebens klammerte.

Schwiegermutter flüsterte einige Worte. Und jetzt klang Alis Stimme zu mir durch die Matte, mit einem Beiklang von rührender Zärtlichkeit, die sie vorher nicht gehabt hatte.

„Ist er groß und gut?“ fragte sie.

„Er ist der größte, der beste –“

Ich empfand es schmerzlich, daß ich keine Worte in ihrer Sprache finden konnte, um ihr zu sagen, was ich fühlte; daß ich ihr nicht in meiner eigenen Sprache sagen konnte, wie wunderbar ich den Sohn fand, den sie mir geschenkt hatte.

„Kannst du erkennen, daß du es bist?" fragte sie wieder, während es tief in ihrer Kehle vor Glück lachte.

„Ja, mein Honigvogel, mein –"

Wieder keine Worte.

Ich konnte nicht an mich halten. Ich versuchte unter der Matte hindurchzuschlüpfen. Meine Schwiegermutter aber war gleich bei der Hand, um mir den Weg zu versperren, und Alis Stimme erklang ängstlich und ermahnend: „Nein, nein!"

Da schickte ich mich in das Unvermeidliche. Ich kannte sie ja und wußte, wie sie sich davor fürchtete, daß die Geister das geringste Versehen an dem Kinde, an mir oder an ihr rächen könnten.

Schon vor Mittag war das Ereignis stadtbekannt.

Nachmittags kamen Toko und Tongu in schöner Gemeinschaft mit feierlichen Mienen an meine Zauntür, wo Schwiegermutter der Sitte gemäß die Honneurs machte und sie hereinnötigte.

Sie legten ihre Geschenke vor mir nieder – es waren verschiedene Nahrungsmittel, wie es Brauch ist – und wünschten dem Kleinen ein langes Leben und viel Tabu.

Toko fühlte sich von all der Feierlichkeit geniert, Tongu aber führte sich wie gewöhnlich voller Anstand, fragte teilnahmsvoll nach Alis Befinden und gebärdete sich überhaupt wie ein angehender Gevatter.

Ich machte ihnen einen Kautabak zurecht, auch für meine Schwiegermutter, die ihre Unentbehrlichkeit genoß und stolz auf ihre Tochter war.

Nachdem wir eine passende Zeit in feierlichem Schweigen gekaut und gespuckt hatten, verabschiedeten Tongu und Toko sich.

Kurz darauf kam der weise Wahuja in höchsteigener Person zu Besuch, von zwei Dienern des Königs begleitet, die Gaben vom König und von Wahuja für mich brachten.

Da war ein Korb mit den allerbesten Kokosnüssen, die es auf der Insel gab. Sie waren für Ali, damit sie gute und reichliche Milch bekäme. Und eine geschliffene Muschelaxt für mich, ein kleines Prachtstück, mit dem ich mich aufrichtig freute und das ich noch habe.

Von sich selbst überreichte Wahuja eine feine Matte. Ich bin überzeugt, daß sie ihm nicht soviel wie eine Muschel gekostet hat; er hat sie natürlich von den Frauen des Königs flechten lassen. Und außerdem ein kleines, grunzendes Ferkel, das wahrscheinlich auch aus dem Tierbestand des Königs war.

Meine Schwiegermutter brachte das Ferkel gleich zwischen den Hühnern in Gewahrsam, wo es einen solchen Aufruhr mit Gegacker und Gekräh verursachte, daß ich mich selbst der Sache annehmen und es mit einer Rotangschnur am Balkenfuß anbinden mußte.

Ich war so froh und gegen alle so freundlich gestimmt, daß ich es nicht übers Herz bringen konnte, Wahuja unverrichteter Sache gehen zu lassen.

Außer dem gewohnten Besuchsbetel verabreichte ich ihm einen Schnaps – bald den letzten – von dem teuren Rum.

Wahuja beobachtete mit einem stillen Seufzer, wie wenig in der Flasche war. Dann beleckte er, wie es seine Gewohnheit war, das Glas von innen und von außen und begann von der Vergänglichkeit aller Dinge zu sprechen.

Als ich Wahuja zur Tür begleitete, sah ich Winawa neugierig und zögernd in der Nähe stehen. Aber ich jagte sie schleunigst fort, denn ich wollte nicht, daß Ali ihre Stimme hören und sich vor ihrem bösen Willen fürchten sollte.

Nach und nach kamen sowohl „der große Jäger" als auch Kuda und Fagoda und mehrere der Mädchen.

Da war die neugierige Awa und die stattliche Muwa; die kleine, untersetzte Sakalawa und die einschmeichelnde Milawa mit den hübschen Schultern.

Die breitnasige Nanuki mit dem zögernden Blick war aus triftigen Gründen ferngeblieben. Sie sah selbst in diesen Tagen einem frohen Ereignis entgegen.

Als ich schließlich den letzten Gast hinausbegleitet hatte und einen Augenblick vor dem Zaun dem Sonnenuntergang zuschaute, kam Ikala des Weges, indem sie sich in ihren breiten, trägen Hüften wiegte.

Als sie meiner ansichtig wurde, blieb sie stehen und sah mich mit ihrem unverhüllten Blick und dem verächtlichen Lächeln in ihren hohen Mundwinkeln herausfordernd an.

Ich schämte mich wieder über mich selbst und wandte mich voller Ekel ab.

Zeitig am nächsten Morgen hörte ich Alis Stimme.

Still und innig wiederholte sie ein und dasselbe Wort.

„Was sagst du?“ fragte ich durch die Matte.

„Dasu! – Dasu!“ flüsterte sie über den Kopf des Knaben. Ich konnte es nicht sehen, aber ich wußte es.

„Dasu“ bedeutet Sonne. So nannte sie ihn, und so wurde sein Name.

„Dasu – Dasu!“

Wie klang es hübsch, wenn sie es mit ihrer weichen, melodischen Stimme sagte, die so voller Zärtlichkeit war wie ihre Brust voller Milch.

Wenn wir im Schatten unseres Hauses lagen, während der Junge auf ihr herumkroch und sich mit beiden Händen an der Brust festhielt, von der er lebte, dann sah sie mit geöffneten Lippen, die vor Zärtlichkeit bebten, auf ihn herab, während sie wie in segnender Beschwörung in allen Tonarten über seinen hellbraunen Kopf murmelte: „Dasu – Dasu!“

Ali trug Dasu bei sich, wo sie ging und stand. Sie trug ihn in einem großen Seidentuch, dem letzten, das ich besaß.

Ich hatte es sorgsam vor Tongus und Wahujas Augen verborgen. Jetzt bekam Ali es, um ihren Erstgeborenen darin zu tragen.

Es wurde um ihren Nacken gebunden und lief unter ihrer linken Schulter hindurch. Dort saß er auf ihrem Magen wie in einer Windel.

Andere Frauen tragen ihre Neugeborenen auch so. Aber nicht eine hat ein so prachtvolles Tragetuch; und Ali ist sehr stolz darauf.

Es stützt seinen Rücken. Nur der Kopf und die Füße gucken hervor. Dort sitzt er warm und weich und befindet sich wohl, während er mit ihren Brüsten und ihrer Halskette spielt.

So geht sie, beständig singend, an ihre Arbeit in Haus und Hof. Nur wenn sie mit mir auf dem Felde ist, legt sie ihn vor sich in den Schatten eines Busches, wo sie ihn im Auge behalten kann, und hüllt ihn in das Tuch ein, damit sein Körper und sein Gesicht vor Insekten geschützt ist.

Dasu ist ein prächtiges Kind. Er ist immer vergnügt und schreit nur, wenn er hungrig ist und nicht gleich die Brust bekommt.

Dasu bekam seinen ersten Zahn, und Ali jubelte.

Dasu lernte gehen, und Ali war stolz.

Dasu begann seinen eigenen Namen zu stammeln. Das war wie Vogelgezwitscher.

Ali entwöhnte ihn, indem sie Taro und Bananen für ihn kaute, und es sich von seinem kleinen, spitzen Mäulchen vom Munde schnappen ließ. Es war ein Spaß ohnegleichen.

Während zweier Jahre, deren Tage wie Perlen auf einer Schnur dahinglitten, waren wir glücklich, Ali, Dasu und ich.

Dann war es vorbei.

Achtzehntes Kapitel
Beim Wirbelsturm

Es war zu Beginn des Herbst-Monsumwechsels. Um dem treuen Toko eine Freude zu machen, hatte ich ihm versprochen, mit ihm zu fischen.

Eines morgens, noch vor Sonnenaufgang, klopfte er an meine Giebeltür.

„Es ist Windstille!" rief er. „Es ist ganz still drüben beim Riff. Ich hab' das Kanu in Stand gesetzt. Komm schnell. Es ist Schildkrötenwetter!"

Es war eine von Tokos Ideen, daß er der Luft anmerken konnte, ob es günstiges Wetter für Schildkrötenfang sei. Wenn das der Fall war, war er nicht zu bändigen.

Ali wollte mich zurückhalten. Sie war überhaupt keine Freundin vom Fischen, weil Frauen nicht daran teilnehmen dürfen*). Sie umschlang mich mit ihren Armen und sagte, daß sie einen bösen Traum gehabt habe. Ich aber wollte Toko nicht gern eine Enttäuschung bereiten; und schließlich ließ sie sich beruhigen. Ich mußte ihr versprechen, früh nach Hause zu kommen.

Wir ruderten langsam nach Westen, wo das Riff sich zur Ebbezeit wie eine kleine, flache, langgestreckte Insel aus dem Wasser erhebt.

Toko behauptete steif und fest, daß heute Schildkröten da seien, und kümmerte sich darum nicht weiter um Fische; wir senkten aber doch unsere Bambusreusen ins Wasser und ließen sie, während wir langsame Ruderschläge machten, an einer langen Rotangleine hinterherschleppen.

*) Siehe Anm. S. 69

Das Wetter war herrlich, die Luft blendend klar und das Meer so durchsichtig, wie ich es noch nie gesehen hatte. Wir konnten ganz deutlich die prachtvollen Korallblumen tief unten auf dem Grunde erkennen und die Hunderte von seltsamen Weichtieren, die auf ihnen schmarotzten.

Toko saß vorn im Boot, den Blick unverwandt auf die flache Rifflinie geheftet.

Nachdem wir eine Stunde gerudert hatten, ohne auch nur einen Schildkrötenkopf oder die dunkle Blase eines Rückenschildes, der sich aus dem Meere hebt, zu Gesicht bekommen zu haben, hielt Toko, der der personifizierte Eigensinn war, wenn er sich etwas in den Kopf gesetzt hatte, so dicht an das Riff heran, wie der flache Grund es zuließ.

Wir warteten eine Stunde lang, spähten und wagten nicht uns zu rühren.

Da verlor ich die Geduld. Ich meinte, wir sollten die Schildkröten aufgeben und uns nur an die Reusenfischerei halten.

Wir lagen noch eine halbe Stunde und dösten. Das heißt: ich döste, soweit meine unbequeme Stellung es zuließ; Toko aber spähte unverdrossen mit zusammengezogenen Brauen umher. Es war ihm eine Ehrensache geworden, Schildkröten zu finden.

Als die Ebbe am niedrigsten war, sprang Toko auf den Grund. Das Wasser reichte ihm kaum bis an die Knie. Er schlicht über die harten Korallenzweige, bis er das schmale Stück des Riffes erreichte, das aus dem Wasser ragte.

Hier stand er eine Weile und spähte nach allen Seiten, ging dann noch ein Stück weiter und ließ seine Blicke über das stille, blanke Meer schweifen.

Plötzlich wandte er sich zu mir und zeigte auf den östlichen Horizont.

Dort hinten lag eine schwere Wolkenwand niedrig und dicht auf dem Wasser. Seltsam scharf abgegrenzt, brütete sie wie ein ungeheuerer Schwimmvogel auf der Meeresfläche.

Ich erhob mich im Boot, um besser zu sehen.

Es war ein Unwetter, das sich näherte.

Ich beobachtete die Wolke scharf, während Toko sich immer mehr entfernte, eifriger noch als vorher, weil er einsah, daß wir bald aufbrechen mußten.

Die Wolke stieg langsam am Horizont herauf und breitete sich immer mehr. Es war offenbar, daß sie auf die Insel zukam.

Während ich stand und sie beobachtete, kam der erste schwache Windstoß aus Osten.

Ich weiß aus Erfahrung, wie schnell ein solches Wetter aufkommen kann. Deshalb rief ich Toko zu, daß er die Schildkröten aufgeben und zurückkommen solle.

Er patschte ärgerlich im Wasser herum und antwortete etwas. Als er aber sah, daß ich anfing die Reusen einzuziehen, machte er doch kehrt und kam langsam zurück.

Bevor er noch das Boot erreicht hatte, begann auch er wegen der Wolke bedenklich zu werden.

Er starrte das schwarze Ungeheuer an und sandte darauf mir einen ängstlichen Blick; aber ich sagte nichts.

Wir zogen die Reusen ganz ins Boot. Als ich keine Miene machte, ihren Inhalt zu untersuchen, sondern mich nur beeilte sie fest zu machen, wurde Toko bange.

„Sturm?" fragte er.

Ich hütete mich wohl ihm zu sagen, was ich befürchtete. Hätte ich das Wort laut gesagt, das ich beständig im Stillen wiederholte, so würde Toko sein Gleichgewicht verloren haben; und wir würden sicherlich in nicht allzu langer Zeit unsere ganze Kaltblütigkeit gebrauchen.

Wir setzten uns an die Riemen und ruderten mit voller Kraft heimwärts.

Der Wind aus Osten nahm beständig zu, und die Wolke lag jetzt breit und schwer mit einem Schwanz in südlicher Richtung da.

Sie war fast schwarz; und jetzt, als sie näher kam, sah ich, daß Wolkenfetzen von ihr herabhingen. Sie rissen sich los und flatterten mit Windeseile voran.

Ich zweifelte nicht mehr: es war der Taifun. Ich hatte ihn einmal mit Tongu zusammen auf Yap erlebt. Damals tötete er einige fünfzig Menschen und machte ihre Hütten dem Erdboden gleich.

Seit dem ersten Windstoß war kaum eine Viertelstunde vergangen. Und jetzt wehte es bereits so stark, daß die Vögel draußen auf dem Riff mit großen Flügelschlägen kreuzen mußten, um gegen den Wind anzukommen.

Toko blickte mich verstohlen an; aber ich sagte nichts.

Das Wasser stieg über das Riff. Von der kleinen Insel, auf der Toko nach Schildkröten gesucht hatte, war jetzt nur noch eine

Linie sichtbar. Die Dünung bekam weiße Ränder. Sie begann zu brausen und zu tosen; selbst hier, hinter den Schären, gingen die Wogen hoch mit weißen Köpfen.

Obgleich wir aus allen Kräften ruderten, kamen wir nur langsam vorwärts. Wir hatten den Wind und Strom gerade gegen uns.

Ein plötzlicher Windstoß kam ganz niedrig, fast wie ein Schuß auf uns zu. Die Wolke begann das Tageslicht zu verdunkeln, und plötzlich war es mir klar, daß wir den Orkan in weniger als zehn Minuten über unseren Köpfen haben würden, wenn das Unwetter mit gleicher Schnelligkeit zunähme.

Ich dachte an die Monsumwechsel, die ich bereits auf der Insel erlebt hatte, wie ruhig sie verlaufen waren. Es war ja nur merkwürdig, daß man hier – wie Tongu mir gesagt – seit fünfzehn Jahren keinen richtigen Orkan gehabt hatte.

Ich sah ein, daß es unmöglich war, in der Richtung von Nordost gegen Wind und Sturm vorwärts zu kommen. Es gab nur eines für uns: geradewegs auf die Küste loszuhalten, solange es sich noch machen ließ, und so schnell wie möglich längs des Strandes nach Hause zu streben.

Ich sagte Toko nichts von meiner Furcht. Änderte nur den Kurs, so daß wir die Wellen jetzt von der Seite bekamen und schneller vorwärts kamen.

„Ist es der Taifun?" flüsterte Toko schließlich mit ängstlichen Augen.

„Nein!" sagte ich, „aber es ist Sturm."

Es war unnötig, mehr zu sagen. Denn das Meer brach bereits mit Ungestüm über das Riff. Der Sturm kam uns in Stößen aus Osten und Nordosten entgegen. Hätten wir den Schwimmkiel nicht gehabt, wäre unser Boot schon längst umgeschlagen.

Als wir die Küste halbwegs erreicht hatten, ging der Wind plötzlich nach Norden um.

Es kam so plötzlich, daß wir fast gekentert wären. Es war ein Glück, daß Toko keinen Orkan seit seiner Kindheit erlebt hatte, sonst hätte er nicht im Zweifel sein können, daß die schwarze Wolke mit den Wolkenfetzen, die von ihrem unteren Ende losgepeitscht wurden, ein echter Taifun sei; und was das Schlimmste war: die plötzliche Drehung des Windes bewies, daß die äußerste Kante des Wirbels uns bereits gepackt hatte.

Jetzt wurde die Sache ernst. Der Tod saß uns im Nacken. Die Flut stieg, und der Sturm peitschte sie in die Höhe, erst aus

Osten und jetzt aus Norden. Über kurz oder lang würde sie über das Riff schäumen und uns gegen das Ufer werfen. Sie würde sich über die flache Insel wälzen, Bäume mit ihren Wurzeln ausreißen, Hütten umstürzen, alles Lebende, das ihr auf ihrem Wege begegnete, verschlingen.

Ich dachte an Ali und Dasu, und das Herz stand mir still. Keine Möglichkeit nach Hause zu gelangen.

Wer würde sie retten? Wer von den Leuten des Dorfes würde an ihre Hilflosigkeit denken, da es das eigene Leben zu retten galt? Meine Gedanken klammerten sich an Tongu. Ich hoffte auf seine treue Freundschaft.

Tongu wußte, daß wir auf dem Meere waren, daß sie mit ihrem Kinde und ihrer Angst allein war. Tongu war erfahren: er wußte, was dies bedeutete, und würde sie rechtzeitig aufsuchen.

Auf diese Weise versuchte ich mich zu trösten.

Jetzt aber begann Toko zu zittern; seine Augen wurden weiß vor Angst.

„Die Geister holen uns!" schrie er und sah mich hilflos an.

Es war keine Zeit, ihm einen Vortrag zu halten und zur Vernunft zu bringen. Es galt, an Land zu kommen und einen Ort zu finden, der so hoch lag, daß die Flutwelle, wenn sie kam, ihn nicht überschwemmen konnte.

Da fand ich plötzlich die Lösung.

„Die Steine unserer Väter."

So alt die Ruine war, mußte sie vielen Orkanen standgehalten haben, und der Ort lag hoch.

„Kannst du den Wasserarm in dem Mangrovegehölz finden, der zu den ‚Steinen unserer Väter' führt?"

Toko verstand sofort, was ich meinte. Er erhob sich und sah spähend umher.

Dann begann er aus Leibeskräften nach Westen zu rudern. Mit dem zunehmenden Sturm und dem Tod im Rücken kämpften wir um unser Leben.

Wir sahen die Dschungeln, die schwankten und pfiffen und sausten.

Wir kamen in die Bucht hinein, wo die Wogen etwas weniger hoch gingen.

Wir sahen die Mauer der Mangrovewurzeln und hörten die alten Kronen bei den Windstößen jammern und heulen.

Da entdeckten Tokos scharfe Augen die Mündung des Wasserarmes. Kurz darauf waren wir drinnen.

Hier war es fast dunkel. Die Wolke, die jetzt hoch am Himmel stand, lastete mit einem solchen Luftdruck auf uns, daß der Schweiß trotz des Sturmes an uns hinabrann.

Die Mangroven klapperten und knarrten. Die Lianen bäumten sich. Die Leuchterwurzeln bebten wie Saiten, in die der Wind hineingriff und worauf er spielte; in dem engen Wasserarm aber war das Wasser noch ruhig. Toko fühlte sich dadurch beruhigt; ich aber, der ich wußte, was unerbittlich kommen würde, fuhr fort aus allen Kräften zu rudern.

Im nächsten Augenblick war die Wolke gerade über uns und lastete so schwer, daß sie uns den Atem benahm. Es wurde dunkel und die Luft war so dick, daß man sie fast hätte schneiden können.

Dann brach es los.

Die ersten Blitze zuckten durch die Dunkelheit. Die Donnerschläge krachten; es ging Schlag um Schlag.

Der Sturm kam in furchtbaren Stößen, die uns zum Kentern gebracht haben würden, wenn das dichte Mangrovengehölz nicht das Schlimmste abgehalten hätte.

Toko kauerte wie ein krankes Tier bei dem Lärm zusammen. Ich fürchtete, daß das Ruder ihm jeden Augenblick entfallen würde.

Ich fuhr ihn heftig an, nannte ihn ein Weib, und was ich sonst an hohnvollen Bezeichnungen finden konnte. Das half etwas.

Jetzt begann der Regen in breiten, schrägen Strahlen herabzuströmen.

Es war kein Regen. Es war ein Wolkenbruch; aber weder der Sturm noch die Blitze hörten auf; die Wärme und der Luftdruck nahmen eher zu als ab.

Die strömenden Wassermassen standen wie eine dichte, graue Mauer vor unseren Augen, so daß wir keine zwei Meter weit sehen konnten.

Wenn Toko nun den betreffenden Baum nicht finden konnte, was dann? – Lange konnte es nicht dauern, bis das Boot mit Wasser gefüllt sein würde.

Ich stellte ihm vor, was auf dem Spiel stand. Wir würden hier in dem Mangrovesumpf umkommen, zwischen den Geistern der Verstorbenen, die hier hausten, vermodern, wenn er sich nicht zusammennähme und die Stelle fand, wo wir an Land mußten.

Das half. Er heulte und jammerte nicht mehr, sondern spähte zwischen den Stämmen umher, während ich allein weiterruderte.

Er fand ihn. Auch ich erkannte den Stamm wieder, der im Sumpf gefällt war. Er war glatt und blank von dem strömenden Wasser.

Ich dachte erst daran, das Boot anzubinden, gab es dann aber auf. Wenn die Flutwoge kam, würde es doch fortgeschwemmt werden. Wir hätten es doch nicht mehr zu Gesicht bekommen.

Wir faßten Fuß. Mit unendlicher Mühe glückte es uns, an dem glatten Stamm hinaufzuklettern.

Toko war voran. Ich glitt mehrere Male aus und wäre unweigerlich in dem Sumpf versunken, wenn Toko nicht jedesmal blitzschnell bei der Hand gewesen wäre.

Das morsche Holz gab unter uns nach. Wir plumpsten mit den Beinen in den Sumpf und bielten uns mit den Armen fest, bis wir wieder festen Fuß faßten. Aber wir kämpften um unser Leben und das gab uns ungeahnte Kräfte.

Und währenddessen zuckten die Blitze aus der furchtbaren Wolke auf uns herab. Der Donner krachte und der Regen prasselte auf unsere Köpfe und unsere nackten Rücken wie Peitschenschläge.

Ich vergesse nie das fürchterliche Konzert von all den vielen verschiedenen Lauten. Es klingt mir noch jedesmal in den Ohren, wenn ich zurückdenke: das Knarren und Jammern der Mangroven, das Pfeifen und Sausen der Lianen, das zitternde Summen der Wurzelstangen, das endlose Plätschern des Wassers auf den Sumpf. Und das Gebrüll des Sturmes von draußen.

Endlich – endlich sprang Toko herab. Aber die Erde war schon so durchweicht, daß er bis an die Knie darin versank. Wir mußten vorwärts waten, bis wir fast keine Kraft mehr hatten, die Füße aus dem Morast zu ziehen.

Aber aufwärts ging es. Mit jedem Meter, den wir vorwärtskamen, wurde der Boden besser, bis wir so hoch waren, daß das Wasser in Strömen herabfloß, ohne die Erde in der Eile aufweichen zu können.

Dort schwankten die Brotfruchtbäume der fliegenden Hunde vor uns. Da wußten wir, daß wir es nicht mehr weit hatten.

Wir sahen, wie ein mächtiger alter Baum vom Sturm gebrochen wurde. Es klang wie ein Klageschrei. Dann fiel er mit einem langen, verzweifelten Herzensseufzer und zerschmetterte alles, was in seinem Schatten gelebt und Schutz gesucht hatte.

Toko packte mich krampfhaft am Arm. Er war auf dem Punkt, wo er in allem die furchtbaren Schreie der Geister selbst zu vernehmen meinte. Ich bin überzeugt, daß seine Augen gesehen haben, wie Geister den Baum umrissen und fällten. Der Seufzer des Baumes hat seinen Ohren wie der Todesschrei eines guten Geistes geklungen.

Ich ließ ihm keine Ruhe. Ich fuhr ihn wieder hart an – ich mußte schreien, damit er mich verstehen konnte, obgleich wir einander ganz nah waren – ich drohte ihm, als er sich vor Entsetzen zu den Füßen der Geister auf die Erde werfen wollte, daß ich auch noch die Geister meines Stammes auf ihn hetzen würde, wenn er nicht sofort weiterginge, um den Weg zu den „Steinen unserer Väter" zu finden.

Wir fanden ihn. Die mächtigen Basaltblöcke schimmerten vor Nässe durch die Finsternis.

Hier, wo wir höher waren, griff uns der Sturm wieder stärker an. Trotz des Schutzes der Mangroven war er so heftig, daß wir uns niederwerfen und das letzte Stück auf der nassen Erde kriechen mußten, bis wir die Ruine erreichten, und uns mit Händen und Füßen festklammernd gelangten wir in den Schutz der Basaltblöcke.

Jetzt begann der Sturm abzunehmen. Er ging gleichsam entzwei, wurde zu Windstößen, die an Heftigkeit und Häufigkeit abnahmen, bis sie ganz aufhörten. Auch der Regen ließ nach.

Es wurde ganz still. Die Wolkendecke spaltete sich und zeigte einen kleinen blauen Himmelsfleck.

Toko, der der Länge nach auf der Erde gelegen hatte, um nichts zu sehen, stand auf und sah mich an, mit Freudentränen in den Augen.

Ich aber, der ich Bescheid wußte, konnte mich nicht freuen. Ich wußte, daß jetzt der vordere Teil des Wirbels über uns hingegangen war. Jetzt passierte der stille Gürtel – der in einem Abstand von einer Meile oder mehr um das Zentrum des Taifuns liegt – unsere Köpfe, unsere Insel. Wenn er aber passiert war, dann würden wir wieder von dem Wirbel ergriffen werden, würden in den hinteren Teil der Wolke geraten und denselben Sturm wie vorher bekommen, nur von der entgegengesetzten Seite.

Und dann – dann kommt das Schreckliche, dann kommt der Tod.

Nicht für uns, die wir so hoch waren, daß keine Flutwoge uns erreichen konnte. Aber für all die Hütten, die nicht hoch lagen, und für all die lebenden Wesen, die in der Tiefe weilten.

Wenn die Flut am höchsten ist und der Wirbel das Meer aus allen Himmelsrichtungen zusammengetrieben hat, dann erhebt es sich bis zu zwanzig Meter über Flutwasserhöhe, dann ergießt es sich über die flache Insel, hebt alles auf seinen Armen empor, zerschmettert es gegen Steine und Bäume und saugt es mit sich in die Tiefe, wo der Tod wohnt.

Ali – Ali –

Ich starrte von Entsetzen geschüttelt in die Richtung, wo meine Hütte liegen mußte. Meine Gedanken arbeiteten und arbeiteten, aber es gab keinen Trost.

Ich klammerte mich in meiner Not an Tongu und versuchte ihn zur Hilfe zu zwingen, indem ich meinem Gedächtnis jede noch so kleine Erinnerung an die Fähigkeit der Menschenseele, eine andere durch meilenweite Abstände zu beeinflussen, hervorsuchte.

Ich legte meine Seele fest an ihre Seele und versuchte sie zu trösten. Ich meinte ihre Schreie zu hören. Ich sah sie am Strande mit Dasu hin und her laufen und über das zornige Wasser rufen. Ich wußte, daß sie vor dem Augenblick verzweifeln würde, wo sie einsah, daß kein Kanu mehr von dort zurückkehren könne.

Hilf ihr, Tongu! Hinauf zum Kokoshain des Königs, der hoch liegt! – Hilf ihr und dem Kinde, Tongu! – Denke daran, daß ich einst dein Leben auf Yap rettete. Nimm meine ganze Schiffskiste. Ich will monatelang für dich arbeiten, wenn du sie rettest.

Ich weiß nicht, wie lange wir so saßen, schweigend und angstvoll. Es kam mir wie eine ganze Nacht vor, war aber wohl kaum mehr als anderthalb Stunden; denn der Mittelpunkt des Taifuns bewegt sich schnell vorwärts, und der stille Gürtel ist selten mehr als drei Meilen breit.

Wir hörten durch die Stille ein fernes Brausen, das schwoll und schwoll.

Ich kletterte auf die höchste Spitze der Ruine, um Umschau zu halten. Es war nichts zu sehen; aber es klang, als sei die Brandung vom Riff uns ganz nahe gerückt.

Da kam ein plötzlicher Windstoß, der mich fast umgerissen hätte. Er kam von Süden und nun wußte ich, daß der stille Gürtel passiert war und die hintere Seite des Wirbels mit derselben Macht wie vorher über uns hinjagen würde.

Ich kam eiligst herab. Aber bevor wir noch eine geschützte Stelle auf der andern Seite der Ruine gefunden hatten, war der Himmel wieder so schwer wie vorher; und die Wolkenfetzen jagten mit Sturmeseile über unseren Köpfen dahin.

Die Windstöße wurden zu Sturm aus Süden. Die Wärme nahm plötzlich wieder zu, während der Regen von neuem über uns herabströmte.

Der Sturm übertäubte das Geräusch des Brausens, das ich von der Spitze aus gehört hatte. Jetzt aber brach ein Laut hindurch, der mein Herz vor Entsetzen stillstehen ließ.

Die Flutwoge – die Sturmflut – das Meer.

Wie ein Heer von Elefanten raste es durch das Mangrovegehölz, siedend und brausend erbittert gegen die Millionen von Leuchterwurzeln, die wie Zweige geknickt wurden; es stürzte alte, gebrechliche Bäume – Stämme so morsch, daß sie beim Fall nicht mehr seufzen konnten; es hob vom Wind gefällte Bäume aus ihrem Morastbett, so daß sie trieften, und drängte sie gegen ihre noch lebenden Brüder, wobei sie Wurzeln zerquetschten und Lianen zerrissen.

Das alles aber sah ich nicht. Ich hörte es nur, ahnte es durch die Laute und fühlte es gleichsam mit einem siebenten Sinn.

Denn das war das Entsetzlichste von allem: Obgleich wir uns vor Schrecken blind starrten, konnten wir nichts sehen. Die Mauer des Wolkenbruches verbarg alles vor unseren Blicken.

Ganz nah an unserem Ohr, gerade unter unseren Füßen, wälzte der Tod sich über unsere Insel. Wir saßen hier auf einem einsamen Gipfel und konnten nichts sehen. Aber wir hörten, wie die Brotfruchtbäume krachten und brachen; und es bebte durch die Steine, gegen die wir unsere Rücken lehnten, als würde die Erde gepeitscht und krümme sich bei den Schlägen.

Dann hörte ich nichts mehr. Wie Toko sich half, weiß ich nicht. Er ahnt es selber nicht. Ich weiß nur, daß ich stöhnend vor Verzweiflung immer wiederholte: „Jetzt geht die Sturmflut über die Hütten und nimmt Ali und Dasu!"

Mehr weiß ich nicht. Das Bewußtsein muß mich schließlich verlassen haben.

Als ich wieder zu mir kam, klapperten meine Zähne, und ich zitterte am ganzen Körper vor Kälte, Nässe und Todesangst. Toko lag platt vor mir auf der Erde und stöhnte im Schlaf.

Der Sturm hatte aufgehört zu rasen. Es regnete nicht mehr. Die schwarze Wolke war verschwunden. Zerstreute Wolkenfetzen jagten noch hoch oben; der Himmel aber war klar. Die Sonne war im Begriff unterzugehen; und es war Ebbe.

Als wir uns zu den Mangroven hinabwagten, war es unmöglich, dort weiterzukommen. Das Ganze war ein Sumpf. Es war ganz ausgeschlossen zum Wasserarm zu gelangen. Gott mochte wissen, ob er überhaupt noch existierte.

Bevor wir wieder zur Ruine hinaufkamen, war die Sonne untergegangen und Dunkelheit eingetreten. Wir mußten die Nacht über bei den „Steinen unserer Väter“ bleiben.

Beim ersten Morgengrauen begaben wir uns auf den langen Weg, den nur Toko kannte – der, der um die Insel führt, an der fremden Stadt, Wattiwua, vorbei, die wir einst besuchten.

Eine schwerere Nacht hab' ich nie erlebt; einen schwereren Weg bin ich nie gegangen.

Wir waren zum Umfallen müde. Jeden Augenblick mußten wir Rast machen, weil die Knie mir den Dienst versagten. Schlimmer als das aber war die tote Ruhe in meinem Herzen, die verzweifelte Gewißheit, daß Ali und ihr Kind nicht mehr am Leben seien.

Ich weiß nicht, wie es sein konnte, daß auch nicht ein Funken von Hoffnung in meinem Herzen lebte, obgleich die Hoffnung doch nicht zu verlöschen pflegt, bevor die Gewißheit sie tötet.

Ich zweifelte keinen Augenblick daran, daß Ali tot sei.

Als wir schließlich gegen Mittag von der Nordseite den Kokoshain des Königs erreichten, und dort die Leute aus der Stadt versammelt fanden, deren Hütten dem Erdboden gleichgemacht waren, da kam Tongu mir weinend entgegen und warf sich zu meinen Füßen nieder, weil er wußte, daß ich meine ganze Hoffnung auf ihn gesetzt hatte.

Es bedurfte keiner Worte.

Ich setzte mich still nieder und weinte mit den anderen. Als Toko mich weinen sah, warf er sich platt auf die Erde und heulte wie ein kranker Hund.

Tongu erzählte mir später, daß er, als das Unwetter begann, zu Ali gegangen sei, die auf dem Strande hin und her lief, mit dem Kinde im Arm, und nach mir rief. Aber sie wollte auf nichts hören.

Erst als sie dem Sturm nicht mehr standhalten konnte und das Kind vor Angst weinte, folgte sie ihm zu unserer Hütte.

Sie legte sich gleich auf die Matte nieder, mit dem Knaben im Arm.

Tongu versuchte sie zu überreden, mit in den Kokoshain des Königs zu kommen; aber sie sagte, sie wolle warten, bis ich käme. Ich sollte die Hütte nicht leer finden, wenn ich zurückkehrte.

Vergeblich sprach er ihr von der Flut, die kommen würde. Sie hörte ihn nicht mehr.

Als er schließlich aus seiner eigenen Hütte flüchtend, die tiefer als unsere lag, zu Ali kam, um einen letzten Versuch zu machen und sie zum Mitkommen zu bewegen, lag sie noch auf der Matte mit dem Kind im Arm und jammerte.

Zuletzt wollte er sie mit Gewalt forttragen. Aber da gebärdete sie sich wie eine Rasende, biß und schlug um sich, als fürchte sie, daß er ihr das Kind nehmen wolle.

Ihre letzten Worte waren, daß „der Gute“ die Hütte nicht verlassen und leer finden solle, wenn er heimkehre.

Tongu führte mich zu dem Ort, wo meine Hütte gestanden hatte.

Nur der Balkenfuß und die schwere Schiffskiste waren noch da.

Da – in dem engen Raum, zwischen der Kiste und dem Pfahl eingeklemmt, so fest, daß nicht einmal die Flutwoge sie hatte lösen können, – lag Ali, den Knaben an ihre kalte Brust gepreßt.

Sein kleiner Kopf war fest gegen ihren Hals gedrückt, so daß ihr Kinn auf seinem Haar ruhte. Es war unmöglich, ihn aus ihren Armen zu lösen.

Es lag Frieden auf ihrem und des Kindes Antlitz.

Ihre Augen waren geschlossen. Es sah aus, als hätte der Tod sie im Schlaf zu sich genommen.

Ende

Paul & Virginie

ein Klassiker der Weltliterarur –
wiederentdeckt für Sie von Freitag

Zwei schwangere Frauen, jede für sich aus der Gesellschaft ausgestoßen, lassen sich in einem Tal auf der tropischen Isle de France, dem heutigen Mauritius, nieder und bilden eine „Landkommune".

Durch die Geburt ihrer Kinder noch fester zusammengeschweißt, entwickelt sich eine innige Gemeinschaft, gestützt durch die Harmonie und den Reichtum der sie umgebenden Natur und die Einfachheit der ihren Lebensunterhalt sichernden Produktion.

Paul und Virginie wachsen unter der zärtlichen Fürsorge ihrer beiden Mütter in geschwisterlicher Eintracht in einer freundlichen Natur auf, unverbildet durch die Zwänge der „zivilisierten" Gesellschaft:

„Nie hatte unnützes Wissen ihre Tränen fließen gemacht, nie hatten die Lehren einer traurigen Moral sie mit Langeweile erfüllt. Sie wußten nichts davon, daß man nicht stehlen solle, weil alles bei ihnen gemeinschaftlich war, noch, daß man nicht unmäßig sein solle, weil ihnen einfache Speisen nach Belieben zu Gebote standen, noch, daß man nicht lügen solle, weil sie keine Wahrheit zu verheimlichen hatten."

Als Paul und Virginie größer werden, entspinnt sich zwischen ihnen eine tiefe, alles verdrängende Liebe.

Aber auch diese friedvolle Gemeinschaft kann sich nicht den Zwängen der Außenwelt entziehen. Kaum hat diese in Person des Gouverneurs und des Pfarrers der Insel ihre Hand nach beiden Familien ausgestreckt, nimmt eine tragische Entwicklung ihren Lauf, an der diese Insel des Menschenglücks zerbricht.

Bernardin Saint-Pierre entwirft in diesem 1788 erstmals erschienenen Buch das paradiesische Bild einer soli-

Paul und Virginie

von Bernadin de Saint-Pierre

Freitag Verlag

Kleine Bibliothek des Aussteigers und Abenteurers

darischen und zufriedenen Menschengemeinschaft, die ihre Kraft aus der Einfachheit ihrer Lebensumstände und der Natur schöpft und stellt die Vorteile dieser Gemeinschaft den Nachteilen der vorrevolutionären französischen Gesellschaft gegenüber.

Aber nicht nur die Geschichte selbst, die Bernardin zu erzählen hat, die Schönheit ihrer Naturbeschreibungen und ihr philosophischer Hintersinn, sondern vor allem der unverschnörkelte, bildkräftige und poetische Stil, der sich einfach und genußvoll liest, ließen „Paul und Virginie" zu dem Wegbereiter der französischen Romantik werden, der Generationen von Schriftstellern beeinflußte und der St. Beuve zu der Bemerkung veranlaßte:

„Ein Werk wie Paul und Virginie ist ein solches Glück im Leben eines Schriftstellers, daß alle, wenn sie auch noch so groß sind, ihn darum beneiden müssen, er selbst aber niemand um etwas beneiden braucht."

Die Freitag-Ausgabe, die auf der deutschen Ausgabe von 1840 beruht, ist reich bebildert mit Stichen und Radierungen bekannter Künstler und im Anhang mit einem Verzeichnis der tropischen Pflanzen und ihrer Beschreibung versehen.

Erscheint im November 1981.

Verlorene Welten

Herausgegeben von Dietmar Kamper

Mit Erschrecken und teilweise auch Trauer und Wut tritt heute die Einsicht ins allgemeine Bewußtsein, daß die Zerstörung der Erde, ihrer Landschaften und Kulturen (auch ohne eine atomare Katastrophe) unaufhaltsam ist – wenn es nicht gelingt, einen Grundzug der europäischen Eroberung und Entdeckung der Welt zu bremsen: die rücksichtslose Tendenz zur ökonomischen Verwertung, zur politischen Veränderung, zur wissenschaftlichen Vermessung von allem, was ist. Dieser Grundzug scheint tiefgreifender und weitreichender zu sein, als man bislang anzunehmen bereit war. Er beherrscht nicht nur die von Europa ausgehende Kolonisation, sondern druchdringt auch Geographien und Ethnologien; er setzt sich nicht nur in der Entwicklungshilfe fort, sondern bestimmt auch längst den Nah- und Ferntourismus; selbst in den Versuchen, zu retten, was zu retten ist – in Reservatsprojekten und Alternativexperimenten – ist er mächtig am Werk; seine Hartnäckigkeit ist kaum zu überschätzen; deshalb wäre es angebracht, zunächst zu begreifen, worin dieser Grundzug besteht. Unter welchen Umständen hat er sich entfaltet? Welche Welten sind durch ihn verloren gegangen? Gegen welche Widerstände hat er sich durchgesetzt? Von der gegenwärtigen katastrophischen Ökologie her stellt sich zwingend die Frage nach anderen: vergangenen, unterdrückten, zukünftigen Wissenschaften, Politikarten, Ökonomien des Planeten Erde.

Im Horizont eines solchen kaum erst eröffneten Fragenkomplexes möchte auch die Bemühung um Wiederveröffentlichung ausgewählter alter und neuer Reisebeschrei-

bungen verstanden werden. Es geht um die Möglichkeit einer inversen Wahrnehmung mittels der bereits verlorenen Welten, um einen Rückblick vom Fremden ins Eigene, der die Schrankenlosigkeit des europäischen Omnipotenzwahns als verhängnisvollste Beschränktheit der bisherigen Gescchichte zu denunzieren erlaubt. Durch Akzentuierung einer „Antwort der Objekte", die während der ersten Rezeption der abenteuerlichen Berichte aus fernen Ländern kaum wahrgenommen wurde, jedoch aus dem Fundus der schier unermeßlichen Reiseliteratur in erstaunlicher Vielfalt belegbar ist, soll — mit Hilfe von Auswahl, Zusammenstellung, Kommentar — versucht werden, eine zweite nochmalige Lektüre anzuregen.
Die geplante Buchreihe, die — um des problematisierten Anfangs willen — Titel aus der „ersten Entdeckung" im 15., 16. und 17. Jahrhundert bevorzugt, könnte auf der Spur einer anderen Erfahrung des Fremden eine differenzierte Revision der Epoche ermöglichen, die Kritik des „Eigenen", d.h. Selbsterkenntnis provozieren und einen Beitrag zur fälligen Relativierung jener einzigen ökonomischen, politischen und wissenschaftlichen Logik leisten, die der verkappte Zweck aller Welteroberungen der vergangenen fünfhundert Jahre gewesen zu sein scheint.

Die ersten Titel erscheinen im Frühjahr '82